BUSTER BEAR'S TWINS
大熊巴斯特的双胞胎

[美]桑顿·W.伯吉斯 著 王宝 译

中国画报出版社·北京

图书在版编目（CIP）数据

大熊巴斯特的双胞胎 /（美）伯吉斯著；王宝译
. -- 北京：中国画报出版社，2018.4
ISBN 978-7-5146-1503-6

Ⅰ.①大… Ⅱ.①伯…②王… Ⅲ.①童话—美国—现代 Ⅳ.①I712.88

中国版本图书馆CIP数据核字(2017)第321214号

大熊巴斯特的双胞胎

[美] 桑顿·W.伯吉斯 著　　王宝 译

出 版 人：于九涛
责任编辑：代莹莹
版式设计：詹方圆
责任印制：焦　洋

出版发行：中国画报出版社
地　　址：中国北京市海淀区车公庄西路33号　邮编：100048
发 行 部：010-68469781　010-68414683（传真）
总编室兼传真：010-88417359　版权部：010-88417359

开　　本：32开（787mm×1092mm）
印　　张：7
字　　数：80千字
版　　次：2018年4月第1版　2018年4月第1次印刷
印　　刷：三河市文通印刷包装有限公司
书　　号：ISBN 978-7-5146-1503-6
定　　价：25.00元

出版说明

为了使读者朋友们全面了解这套动物小说,特作如下说明。

关于作者:桑顿·W.伯吉斯(1874—1965)是美国国宝级儿童文学大师,世界三大动物小说大师之一。另外两位动物小说大师是欧内斯特·汤普森·西顿和亚瑟·贝雷。

桑顿·W.伯吉斯的动物小说主打"温情",欧内斯特·汤普森·西顿的动物小说主打"悲情",亚瑟·贝雷的动物小说主打"恩情"。三种动物小说风格各异,蔚为大观,共同构成了20世纪前半叶世界动物小说的美丽画卷,促成了20世纪50年代后动物小说流派的开枝散叶和开花结果。动物小说创作的兴起和发展,赖此三子;动物小说的受欢迎和热销,亦赖此三子!

1874年2月14日,桑顿·W.伯吉斯生于马萨诸塞州的桑威奇。同年,他的父亲病逝。从此,他与母亲相依为命,母子二人生活清苦。童年时,他就放牛、摘野草莓、收野浆果,从池塘里运水莲,卖糖果,抓麝鼠……

桑顿·W.伯吉斯的第一位雇主是威廉·C.奇普曼。威廉·C.奇普曼的居住地遍布森林和沼泽,是野生动物生活的天堂。优美的环境深深地印在小伯吉斯的脑海里，后来激发了他无限的创作灵感。他的作品中的许多地点，譬如哈哈溪、微笑池塘、格林森林、格林牧场、蔷薇丛等，莫不与其童年的经历有关。

1891年，桑顿·W.伯吉斯毕业于桑威奇高中。1892年到1893年，他在波士顿一所商科学校短暂学习过一段时间。不过，他对商科不感兴趣，一心想成为作家。最后，他选择了菲尔普斯出版公司（Phelps Publishing Company），担任编辑助理。

1905年，桑顿·W.伯吉斯与妮娜·奥斯本喜结连理。遗憾的是，一年后，妮娜·奥斯本去世了，留下一子。据说，桑顿·W.伯吉斯之所以创作动物小说，是因为他想通过给儿子讲故事，陪儿子长大。1911年，桑顿·W.伯吉斯再婚。他的妻子叫范妮。范妮结过一次婚，嫁给桑顿·W.伯吉斯时已经是两个孩子的母亲了。1925年，夫妇二人在马萨诸塞州的汉普登买了一所房子。桑顿·W.伯吉斯在这里一住就是三十二年，直到1957年。其间，他常回桑威奇。他经常说，桑威奇是他的精神家园。桑威奇的经历，桑威奇的熟人，都强化了他的创作志趣，促进了他的文学风格的形成。五十年来，他笔耕不辍，著作等身，其中出版的动物小说就达一百七十种，为日报专栏写的动物小说故事就更多了，超过了一万五千篇。1960年，桑顿·W.伯吉斯最后一本书《业余自然主义者自传》（*Autobiography of an Amateur Naturalist*）面世，讲述了他从懵懂顽童走向文学生涯巅峰的故事。1965年6月5日，桑顿·W.伯吉斯病逝，享寿九十一岁。

关于作品：本次出版桑顿·W.伯吉斯的作品共十二册，分别是《快乐的松鼠杰克》、《兔子彼得夫人》、《狐狸奶奶》、《猎犬鲍泽》、《大熊巴斯特的双胞胎》、《麝鼠杰里在微笑池塘》、《乌鸦布雷奇》、《水貂比利》、《小水獭乔》、《森林鼠怀特富特》、《长腿苍鹭》和《鹿莱特富特》。每本书都以一个小动物为主题，讲述了跌宕起伏的冒险故事，演绎了"温情"这个主旋律。无论主角还是配角，都向往"公平"和"友好"。大自然母亲，西风妈妈和她的孩子们——快乐的小微风，太阳公公，月亮婆婆，北风哥哥和冰霜杰克等配角莫不如此，更不用说快乐的松鼠杰克等主角了。此外，伯吉斯将"环保理念"融入了小说。随着伯吉斯动物小说影响的不断扩大，"环保理念"进入千家万户，积极地推动了20世纪50年代后环保主义、自然保护主义和可持续发展主义的兴起。

关于版本：本书依据纽约格罗塞&邓拉普（GROSSET & DUNLAP）出版公司的版本翻译而成。

关于丛书的影响：（一）多语种出版，全欧美畅销。桑顿·W.伯吉斯生前及去世后，其作品被翻译成德语、法语、意大利语、西班牙语、瑞典语、盖尔语等十多个语种，据说，总销量已经超过一亿册。（二）桑顿·W.伯吉斯的作品中的主角"兔子彼得"（由哈里森·卡迪创作）与比阿特丽克斯·波特创作的"彼得兔"一争高下。桑顿·W.伯吉斯说："比阿特丽克斯·波特创作的'彼得兔'形象名扬全世界，而我和哈里森·卡迪创作的'兔子彼得'同样深入人心。"（三）自然广播联盟近五十年大力推荐，美国三十个州数千万人受益匪浅。从1912年开始，桑顿·W.伯吉斯通过自然广播联盟播出他的动物小说，美国三十个州数千万人收听，深受父母和老师们好评。（四）推进动物小说在美国的普及，桑顿·W.伯吉斯荣膺"世界三大动物小说大师之一"的美誉。五十年辛苦不寻常，他的"温情"动物小说与世界另外两位动物小说大师西顿和贝雷的作品分庭抗礼，不分伯仲。（五）促进了环保理念在美国上下的普及。《迁徙性野生动物保护法》诞生，桑顿·W.伯吉斯功不可没。以保护土壤为目标的"格林森林俱乐部"（The Green Meadow Club）和以保护野生动物为目标的"睡前故事俱乐部"（The Bedtime Stories Club）的成立，离不开桑顿·W.伯吉斯的努力。（六）荣获波士顿科学博物馆（Museum of Science, Boston）金奖和永久性野生动物保护（Permanent Wildlife Protection Fund）特殊贡献奖两项大奖。

关于译者： 本书译者为西安科技大学李黎老师与王立言老师、兰州交通大学的王宝老师与赵娟丽老师、陇东学院的韩晓老师以及资深翻译王清老师。其中，李黎老师翻译了《快乐的松鼠杰克》《兔子彼得夫人》，赵娟丽老师翻译了《水貂比利》《麝鼠杰里在微笑池塘》《长腿苍鹭》，王宝老师翻译了《乌鸦布雷奇》《大熊巴斯特的双胞胎》《森林鼠怀特富特》《鹿莱特富特》，王立言老师翻译了《猎犬鲍泽》，韩晓老师翻译了《小水獭乔》，王清老师翻译了《狐狸奶奶》……各位老师治学严谨，译笔优美，为确保本书的质量奉献良多。在此，深表敬意。

尽管出版前我们做了许多工作，然而不足之处实难避免，欢迎读者朋友们批评指正。

目 录

第一章 熊妈妈的秘密……002

第二章 兔子彼得吓唬双胞胎……010

第三章 兔子彼得落荒而逃……016

第四章 双胞胎鲍克斯和沃弗……022

第五章 跟着妈妈长见识……028

第六章 双胞胎练习爬树……036

第七章 红松鼠查特尔阴谋未得逞……042

第八章 红松鼠查特尔追悔莫及……048

第九章 听妈妈的话……054

第十章 双胞胎找兔子彼得算账……060

第十一章 兔子彼得处境困难……066

第十二章 兔子彼得冒险一试……074

第十三章 双胞胎自乱阵脚……080

第十四章 听妈妈训话……086

第十五章 第一次见到爸爸……092

第十六章 大熊巴斯特要吃熊宝宝……098

第十七章 熊妈妈赶来救援……104

第十八章 熊宝宝得到安抚……110

第十九章 一个爸爸两种评价……116

第二十章 第一节游泳课……122

第二十一章 与自己的影子过招……128

第二十二章 鲍克斯挨揍……136

第二十三章 鲍克斯生闷气……142

第二十四章 离家出走……148

第二十五章 红松鼠查特尔戏弄鲍克斯……154

第二十六章 迷失在森林里的小熊……160

第二十七章 今夜无眠……166

第二十八章 自己找早餐……174

第二十九章 遇上豪猪普利克里……180

第三十章 松鸦塞米的警告……186

第三十一章 彬彬有礼的陌生人……192

第三十二章 臭鼬吉米的防身术……198

第三十三章 算不上愉快的团聚……204

第三十四章 圆满的结局……210

第一章
熊妈妈的秘密

秘密不稀奇,
早晚会泄露。

你有没有想过在同一个时间到很多不同的地方去？如果有的话，你就知道兔子彼得在美好的春天到来时的感受了。要知道，每时每刻，每个不同的地方都发生着不同的新故事。无论兔子彼得听过多少故事，见过多少事情，他还是会觉得自己错过了太多。事实上，他的确会错过很多。

但也应该相信，兔子彼得已经尽最大可能不错过任何一个正在发生的故事了——当然，那些他实在无能为力的除外。他一会儿蹦到这边，一会儿跑到那边，一会儿又跳到别处。他总是这儿看看，那儿听听，还时不时地问些问题，给大家惹了不少麻烦。有一段时间，老果园和格林牧场里来了不少新朋友，长着翅膀的朋友从阳光明媚的南方飞回来了，他们开始急急忙忙地收拾自己的住所。另外，还来了一些他们在回家途中遇到的陌生人。这些事都让兔子彼得好奇不已，于是他就忘记了关心格林森林里发生的新鲜事。

  一个明亮的月夜，兔子彼得想起自己已经好久没有见到河狸帕迪了。从去年初冬河狸帕迪的池塘结冰后，就再也没有见过他。兔子彼得心想："我必须去拜访他一下，这样才比较有礼貌。春姑娘回来了，我猜他现在应该和我们其他人一样，也正开心着呢。"想到这儿，兔子彼得一蹦一跳地穿过格林森林。他很快就能到达河狸帕迪的池塘。

  现在，要让路程最短，就得穿过熊妈妈在自己家里挂起的那条大大的挡风帘子。一开始，兔子彼得没记起那里有个挡风帘。直到看见那帘子，兔子彼得才想起来。帘子已经挂在那里很长时间了。兔子彼得在帘子附近待了一会儿。他想起了熊妈妈的模样，想起了听别人说过熊妈妈好像隐藏着一个秘密。他对这个秘密十分好奇，就想要打探一下，完全忘记了自己还要去拜访河狸帕迪。

兔子彼得一动不动地坐在那儿，连看带听地待了好一会儿。兔子彼得没有听到熊妈妈的一丁点儿动静。她是在挡风帘后面的卧室里休息呢，还是到别的地方去了？他希望能知道答案。这是一个非常美好的夜晚，他猜测熊妈妈肯定是出去玩儿了。兔子彼得就一蹦一跳地朝着挡风帘过去了。每蹦一下，他都要看看四周有没有人。他慢慢地接近挡风帘，但还是一点儿动静都没有听到。

兔子彼得的心扑通扑通地跳着。他一步一步接近挡风帘，到了熊妈妈家对面才停下来。踩到地上的干树叶会发出沙沙声，所以兔子彼得就在挡风帘不远处走来走去，没有再走近。随后，他就发现了熊妈妈最常用的一个入口，但他还是看不见一个人。兔子彼得深呼吸了一下，跳得更近了一些。他觉得自己特别勇敢。要知道，一旦嗅到任何危险的信号，他一定会在第一时间逃跑的。

兔子彼得在那儿坐了很长时间，一直盯着门口，他想把脑袋伸进去一探究竟。如果熊妈妈真有什么秘密的话，那一定就藏在里面。不管怎么说，这事是狐狸奶奶说的。他鼓足勇气往门里面匆匆地瞥了一眼，长长的耳朵听到了挡风帘下面微弱的呼呼声。

兔子彼得很快撤退到一个安全的地方，然后继续盯着入口看。他预感到熊妈妈会从里面探出头来，他也做好了撒腿就跑的准备。可是，一个小小的脑袋，紧挨着另一个小小的脑袋，从里面伸了出来。

兔子彼得惊讶得下巴都要掉了，差点儿没站稳，一连往后退了好几步。就在他看到两个小脑袋的那一刻，他便知道了熊妈妈的秘密。秘密终于水落石出了！

是的,终于水落石出了!原来熊妈妈有小宝宝了!熊妈妈和大熊巴斯特有了一对双胞胎!

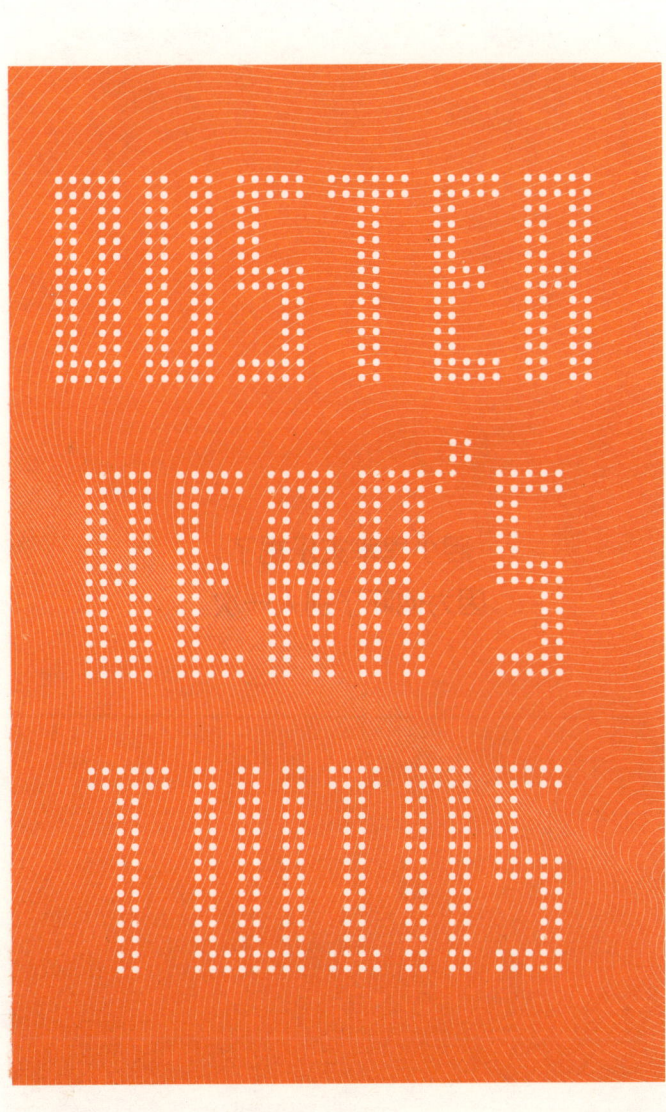

第二章
兔子彼得吓唬双胞胎

胆小鬼幸灾乐祸了，
因为他吓了别人一次。

对兔子彼得来说，能吓唬别人的机会不常有。要知道，他是个胆小鬼，一般都是别人吓唬他。如果有机会吓唬别人，他会格外高兴的。他总是靠这种事情来获取别人对他的尊重，反正就是这么莫名其妙。

那个月光朗照的晚上，兔子彼得发现了熊妈妈的秘密。他有了一种自己从未有过的复杂心情。首先，他非常惊讶。当他看到两个小脑袋从熊妈妈家门口伸出来时，他惊讶得直立起来，一连来了好几个后滚翻。你看，不用怀疑，这一定就是熊妈妈的宝宝！他知道这就是熊妈妈的小熊崽儿，这就是她一直隐藏在那大大的挡风帘下的秘密！

一开始,他对熊妈妈家里有两只小熊感到很惊讶。后来,他又对两只小熊的个头儿那么小感到很惊讶。有那么几分钟,兔子彼得就坐在那里一动不动。等到他平静下来后,他开始盯着从挡风帘里伸出来的两个小脑袋看。他突然明白了为什么有一段时间熊妈妈脾气暴躁,不让任何人靠近那里了。

突然,兔子彼得感到一股莫名的恐惧。"我不能再待下去了,"他心想,"越早离开这儿就越安全。"他不安地往四周看了看,并没有发现熊妈妈会出现的任何征兆。于是,他的好奇心又占了上风。"我希望这两个小东西待会儿能出来一下,让我看看他们究竟有多大。"彼得心想,"这会儿应该挺安全的,或许我再等上几分钟,他们就出来了。"

于是,兔子彼得就一直等着。过了一会儿,这两个小家伙儿还真的出来了。很明显,这是他俩第一次见到格林森林。他俩满脸好奇地打量着月夜里所有的一切。看着他俩的样子,兔子彼得几乎都要笑出声来了。等看清楚双胞胎的个头儿时,兔子彼得比刚见到他们那会儿还要更惊讶。"为什么?"他自言自语道,"为什么他们竟然还没我个子大!我真是想象不到个头儿那么大的熊妈妈竟然生出这么小的熊宝宝。他们现在有几个月大了呢?他们刚出生那会儿得小成什么样啊?他们是不是长得特别快?会不会经常跟着熊妈妈出去呢?我猜他们的爸爸一定是大熊巴斯特,也不知道他有没有来看过他们。他们现在走路都还摇摇晃晃的,熊妈妈应该不会让他们出来吧。"

之后,兔子彼得的脑袋中开始酝酿一个邪恶的想法:"要不要吓唬吓唬他们呢?尽管他们只是小熊崽儿,但如果能吓唬到一只熊,应该很有意思吧?如果能同时吓唬到两只熊,也肯定很好玩儿。"于是,彼得非常用力地跳起来,用后脚落在地面上。格林森林里相当安静,所以他落地的声音很大。两只小熊崽儿看着兔子彼得,害怕得要命。兔子彼得坐在月光下的时候,他的身体看起来格外庞大。他还真的吓到了那两只之前从未见过他的小熊。

两只小熊崽儿慌慌张张地跑向挡风帘子。因为受到了惊吓,他们差点儿绊倒对方。兔子彼得在外面大笑不止,嘴都开始抽筋了。他,兔子彼得,真的成功地吓到了两只熊,并把他们吓得逃之夭夭。现在,他真是有点儿可吹嘘的东西了。

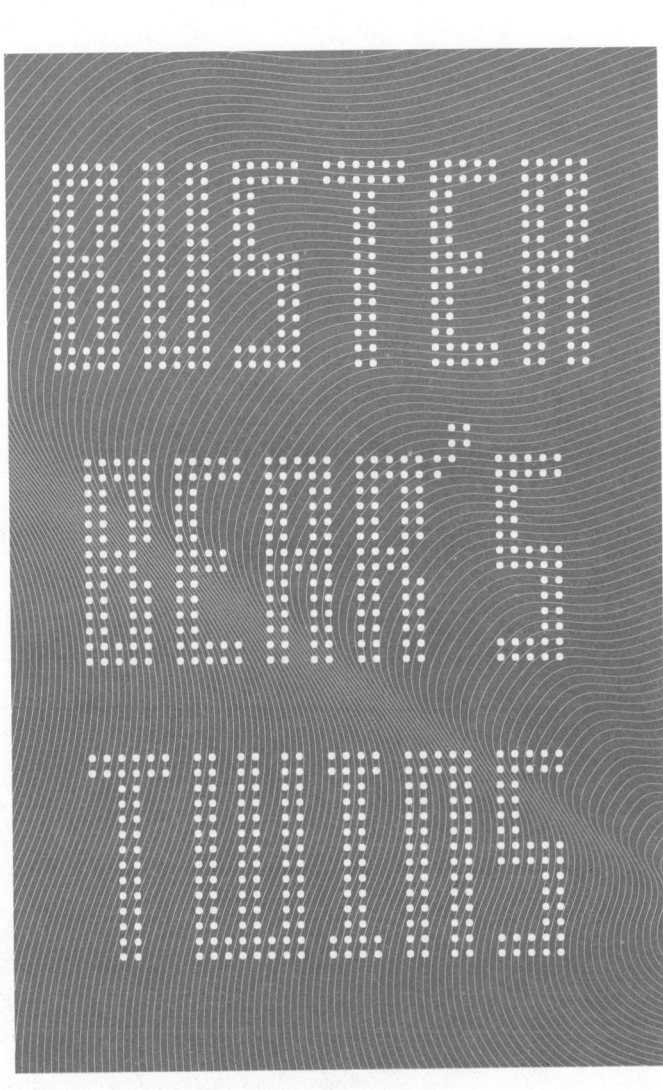

第三章
兔子彼得落荒而逃

捉弄别人莫得意,
当心也会被算计。

两只小熊崽儿都向挡风帘后面的卧室跑去。他们不时呜咽两声,摔倒几回。兔子彼得又跳了两次,两只小熊崽儿更加害怕了。兔子彼得真是太坏了,他真该为自己的行为感到羞耻。这两只小熊崽还是小宝宝呢,只不过他们是熊宝宝罢了。

可是,大熊巴斯特和熊妈妈在场时,兔子彼得很少有机会能亮一亮决心,显一显勇气。无论熊是大是小,能够吓唬到熊,对他来说都是一件值得高兴的事。说实话,这给了他一种错觉,仿佛他与大熊巴斯特和熊妈妈扯平了。当然,他没有,很明显他没有。但他有那种感觉,他甚至都没意识到吓唬小宝宝是多么懦弱的行为,哪怕他们是熊宝宝。

两只小熊崽儿消失后,兔子彼得甚至还可以听到他们在挡风帘后面爬到卧室暗处的声音。他们的妈妈出去找东西吃的时候,就会把他们安置在那里。他们感到害怕,因为他们觉得有可怕的敌人在后面追他们。兔子彼得不停地笑,笑到嘴角抽筋,眼泪直流。

突然,兔子彼得听到身后传来一声怒吼,他立即把嘴闭上了。他的小伎俩就此破产。现在,轮到他逃命了。我的天哪,兔子彼得是怎么跳的,竟然能跳那么远。他的脚在腾空之前好像都没有着地。如果说小熊崽儿是被吓到了,那兔子彼得就是快要被吓死了。两只小熊崽逃跑的时候不知道后面有什么东西在追他们,但兔子彼得逃跑的时候明明白白知道后面有什么。他后面是一位生气的母亲,而这位母亲是一只熊。这足以让任何人落荒而逃。

兔子彼得一直在专心吓唬和嘲笑那两只小熊崽

儿，并没有注意到熊妈妈靠近。他听到身后的怒吼声时，也没有转过身解释。兔子彼得认为"三十六计，走为上计"，先逃跑再解释也不算迟。但他跑得太快，等到他停下来解释时，熊妈妈已经离他太远了，远到根本听不到他在说些什么。

事实上，熊妈妈并没有对兔子彼得穷追不舍。她只是用力地吼了两声，就吓得兔子彼得仓皇逃窜。她笑嘻嘻地看着兔子彼得一溜烟地跑掉。就和兔子彼得嘲笑受到惊吓的小熊崽儿一样，熊妈妈也觉得兔子彼得的恐慌十分可笑。

"我希望这能给他个教训，"熊妈妈用低沉的声音自言自语道，"我可不喜欢这只好奇心过剩的长耳朵老在这边晃荡。他既然看见了我的两只小熊崽儿，那我估计这秘密很快就众人皆知了。或许，现在就已经是众人皆知了。"

熊妈妈回到了挡风帘子后面的卧室里，而兔子彼得还在一蹦一跳地跑着,他正用尽全身力气穿过格林森林,往格林牧场和蔷薇丛跑去。他想尽快赶到那里,向大家宣布熊妈妈隐藏已久的秘密。

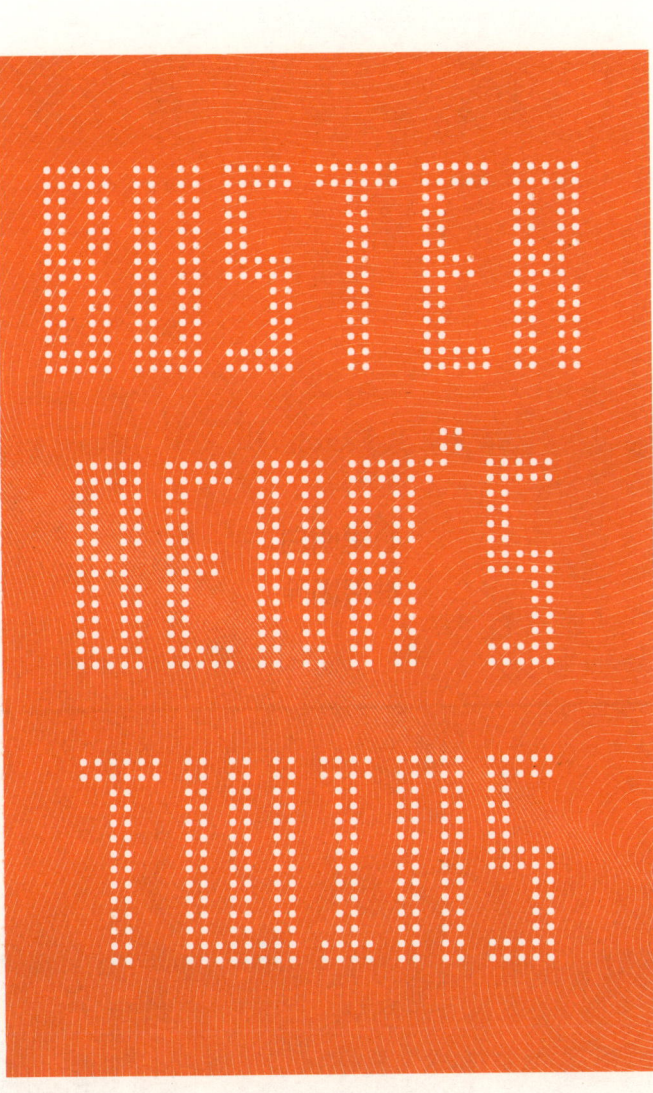

第四章
双胞胎鲍克斯和沃弗

心里明白,
难得糊涂。

整个格林森林里再也找不到比鲍克斯和沃弗更淘气的小动物了。鲍克斯只比他妹妹大一丁点儿，在智力和速度上并不占什么绝对优势。他们已经在格林森林里的挡风帘子下待了三个月了。这期间，他们没敢出去一次，连看都没敢看过外面。要知道，他们刚出生那会儿，体型真的很小，而且一点儿自我保护能力都没有。

他们第一次将脑袋伸出去的时候，就被兔子彼得重重的跺脚声吓了一跳。他们逃回卧室后，就紧紧地蜷缩在一起。

沃弗小声问道："你说那个可怕的家伙到底是谁

啊?"可以想象,如果兔子彼得听到这话该有多么高兴。"我也弄不清楚啊,"鲍克斯回答道,"我觉得我们能跑回来真是幸运,你注意到他耳朵竖起来的样子了吗?"

沃弗说:"我们必须问问妈妈,他和我们也就一般大,说不定也没有那么可怕。妈妈就快回来了。"

鲍克斯赶忙说:"我们最好别提这件事,因为妈妈说过不让我们出去,下次我们见到他再问妈妈吧。"

熊妈妈回到家里,发现鲍克斯和沃弗蜷缩在一起,看起来像什么事都没有发生过一样。熊妈妈偷偷地笑了。她知道刚才外面发生了什么事——她都看见了。你们应该还记得,那会儿熊妈妈是怎样加倍吓唬兔子彼得的。但她明智地决定,还是不要主动提这件事情为好。

熊妈妈看着两只小熊崽儿努力地假装睡觉,心想:"这也算是生活给两个小宝宝上的第一堂课吧,不听话的结果就是受惊吓。我不会告诉他们兔子彼得是这个世界上最不能伤害别人的动物。如果我不说，给他们的教训应该会深刻得多。这两个顽皮的家伙真是越来越大胆了。今晚我不在，他俩竟然自己跑了出去，看来是时候带他们出去看看外面的世界了。不这样的话，说不准他们什么时候又会自己跑出去，今天晚上这种事情可能又会发生。他们还小，如果不小心被老郊狼发现，恐怕他们就无法逃脱了。

她拍了拍两个小家伙儿，说："你们没有睡着吧？不要以为可以糊弄妈妈。只要你们保证不离开家太远，明天早晨我可以让你们出去玩一会儿。对于你们这样的小熊来说，格林森林太危险。"

鲍克斯和沃弗唯唯诺诺答应下来。一连几个早晨，熊妈妈假装休息的时候，他们也只是在离家不远的地方玩耍。红松鼠查特尔、松鸦塞米和乌鸦布雷奇都以戏弄小熊崽儿为乐。他们不知道，两只小熊崽儿也不知道，这一切都被熊妈妈看在了眼里。但她并没有干涉，因为她想让孩子们自己从生活中总结经验，吸取教训。

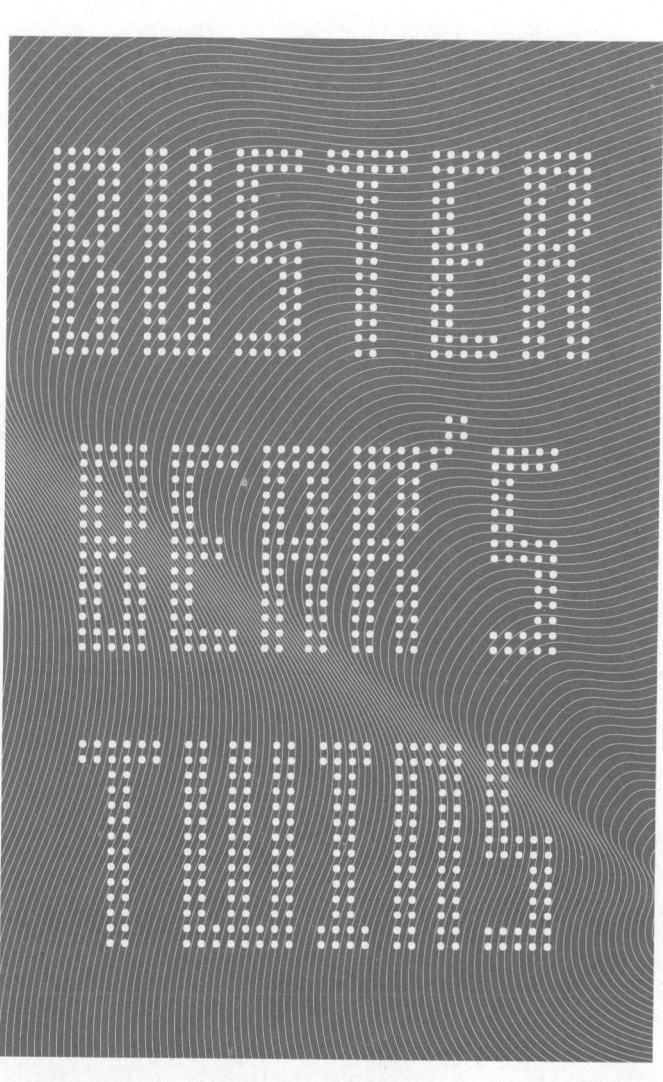

第五章
跟着妈妈长见识

顺应自然,
自掌命运。

格林森林里再没有比熊妈妈更明智、更出色的好妈妈了。她最清楚外面的世界有多危险，也最明白早点儿形成自我保护能力的重要性。任何一只熊想要长命就必须知道这一点。两只小熊崽儿在自家门口玩了几天后，熊妈妈决定带他们去格林森林里走一走。

　　熊妈妈一边给他们引路，一边说："现在，你们跟在我的右边，我怎么做你们就跟着怎么做。谁要是没有经过我的允许就东张西望，我可是会打屁股的，明白吗？"

　　"明白，妈妈。"鲍克斯和沃弗很听话。

　　看，他们跟在熊妈妈后面走出了大大的挡风帘子,他们多么兴奋啊!这简直是一次了不起而奇妙的冒险!他们激动万分!他们终于要走出去见识外面的世界了!

熊妈妈做的第一件事就是坐起来用鼻子测了一下风速,鲍克斯马上学着妈妈做了相同的事情,沃弗也是一样。快乐的小微风给他们的鼻尖拂上了许多香气,熊妈妈能分辨出每一种气味,两个小家伙儿还不能。他们一种都不认识,只不过觉得闻起来香香的罢了。

熊妈妈竖起耳朵仔细地听了听,鲍克斯也立刻跟着竖起耳朵,沃弗也马上模仿着妈妈的一举一动。熊妈妈谨慎地探路时,两只小熊崽儿也跟着有模有样地东张西望起来。

"无论何时,只要你们进入到大世界,就必须记得要嗅一嗅,听一听。"熊妈妈用她那低沉的嗓音解释道,"你们必须要分辨出不同气味的含义,不同声音的来源,还要弄清楚你所见到的每件事情。只有这样，你们才能时刻保证自己的安全。你们不能只相信眼睛或者耳朵。相比而言，鼻子最可信赖。始终记住，要三样一起使用。"

鲍克斯和沃弗一起回答道："知道了，妈妈！"

之后，熊妈妈在大树中间突然变得警惕起来。她谨慎地踮起脚走路，不时地看看这边，观察观察那边。在她的右脚边，鲍克斯也学着妈妈的样子不时地将脑袋从这边探到那边，他右边的沃弗也是如此。无论熊妈妈做什么，两个熊宝宝也跟着模仿。妈妈做什么，他们就做什么，这是他们答应妈妈的。

红松鼠查特尔发现熊妈妈他们从家里出来了，然后就看见两只小熊崽儿一直在模仿妈妈干这干那。他感到十分好笑。于是，他就一直跟着熊妈妈和熊宝宝，从一个树梢跳到另一个树梢，尽可能不发出一点儿声音。他很想找个机会吓唬吓唬两只小熊崽儿，但熊妈妈和他们在一起，他不敢轻举妄动。

熊妈妈停了下来,在一根老木头上嗅了嗅,然后又继续向前。鲍克斯和沃弗也分别停下来嗅了嗅这块木头,接着出发。最后,他们来到一个土地松软的地方,那里长着一些熊妈妈非常喜欢的树根。

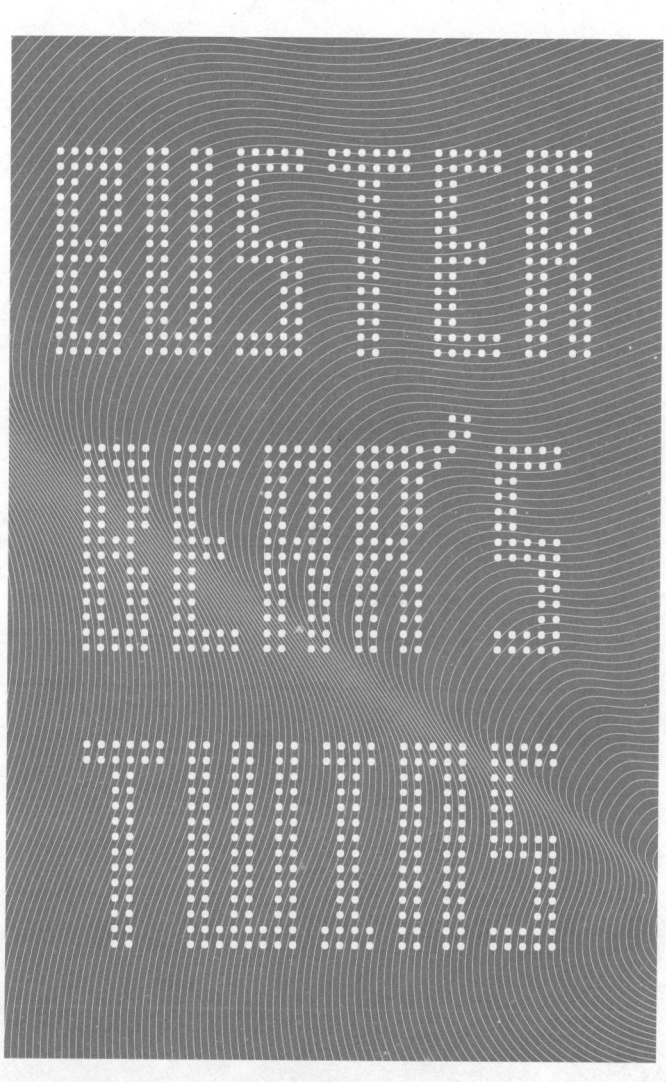

第六章
双胞胎练习爬树

世上无难事，
只要肯登攀。

熊妈妈带着小熊崽儿鲍克斯和沃弗，来到长满她最喜欢的树根的那个地方。她爬上了一棵大树，直立起来，用一只手掌撕扯着头顶上方的树皮。当然，小熊鲍克斯也做起了同样的事情。熊妈妈突然推了鲍克斯一下，鲍克斯吓了一跳，没有意识到是怎么回事。他自己往上爬了爬，手掌、脚掌紧抓着树干，胳膊和腿也紧紧地缠着树干。

"接着往上爬，"熊妈妈用她惯常的低沉声音说，"接着爬，直到你能够到那些枝干。没什么可怕的，你的手掌、脚掌就是用来爬树的，现在该是你学学怎么使用它们的时候了。你爬到那些树枝上，我让你下来的时候你再下来。如果不听话,看我打不打你屁股。现在接着爬,我在这里看着你。"

鲍克斯爬得比刚才更高了一点儿。熊妈妈转过身,叫沃弗也跟在哥哥后面往上爬。对于两只小熊崽儿来说,这可是一次奇怪的经历。他们以前从没有在地面以上的地方待过,而这番景象显然是吓到他们了。他们往上爬一点儿就往下看一看,呜呜地哭,不敢再动一下。然后,两人就盯着头顶上的树枝看。对于这两个小家伙儿来说,树枝太高了,他们觉得树枝都直直地伸到空中去了。实际上,树枝并没有那么高。但要知道,这是两个小家伙儿第一次爬树。他们还是有点儿太小了。

他们呜呜地哭着,停了下来,但熊妈妈站在下面,目光坚定地告诉他们必须服从命令。熊妈妈的鼓励给了他们一些勇气。鲍克斯爬得更高了一些,沃弗好胜心强,不愿意输给哥哥,也跟着爬了上去。就这样,鲍克斯爬一点儿，沃弗也跟着爬一点儿，终于，他们都爬到了树枝上。这时，熊妈妈离开他们去挖树根了。

两只小熊崽儿抓住树枝后，顿时有了十足的安全感。他们忘记了之前的恐惧。令人难以想象的是，他们竟然像待在家里一样自在。他们觉得自己非常勇敢，心满意足地坐在那里，看着下面的世界。不过，他们看到的只是格林森林中很小的一部分，但对于两个小家伙儿来说这已经是极为美妙的景象了。有很长一段时间，他们只是坐在那里看着，激动得说不出话来。

慢慢地，他们注意到妈妈正在远处挖树根。

沃弗说："妈妈变得那么小，你不觉得很有趣吗？"

鲍克斯看起来却很困惑。熊妈妈的确变小了很多。她移动到更远的地方时，就变得更小了。鲍克斯一手抓着树枝，一手挠着脑袋，这可是他人生中的第一次思考。"我不认为妈妈变小了，"他说，"应该是因为她离得远了，所以才显得小了。你看，那棵老树不也比我们刚才停下来闻它时小了许多吗？你看那些我们路过时觉得很高很大的树，现在看起来不也很小吗？我认为，事物看起来是大是小由它距离我们远近决定。"

当然，鲍克斯在这一点上是正确的。他已经开始学习，开始运用大自然母亲在他的脑袋里存放的那些有趣而生动的哲理了。

第七章
红松鼠查特尔阴谋未得逞

吓唬一只熊，
等于是玩儿命。

红松鼠查特尔有点儿生气，应该说，他非常生气。要知道，他本来脾气就大，发个脾气对他来说也不算什么了不得的事情。

他亲眼看着熊妈妈带着两只小熊崽儿从挡风帘子后面出来。他一路尾随，都是找最高处落脚，尽最大努力不让熊妈妈和两只小熊崽儿发现他。他看到两只小熊崽儿笨拙地模仿着妈妈的举动，心里觉得十分好笑。熊妈妈坐起来的时候，他们也学着坐在妈妈的身旁。他们的样子看起来滑稽死了，让他几乎忍不住笑出声来。红松鼠查特尔在格林森林里倒是见过很多有趣的事情，但还没有什么像这两只小熊崽儿一样滑稽——比兔子彼得大不了多少的两只小熊崽儿，认真而准确地模仿着他们妈妈的一举一动，看起来太好玩啦。

从一开始，红松鼠查特尔就一直暗中跟随着他们。他希望能找个机会给两只小熊崽儿一个教训。可是，他不敢在熊妈妈在场的时候动手。他一直在等待时机。他希望熊妈妈能离开几分钟。最后，熊妈妈安排孩子们开始爬树的时候，红松鼠查特尔真的生气了。他看着两只小熊崽儿开始爬树，眼神变得凶狠起来，他诅咒两只小熊崽从树上掉下来。真的，他真的想让这两只小熊崽儿从树上掉下来。

看来，红松鼠查特尔就是不喜欢两只小熊崽儿爬树。在他心里，树都是属于松鼠家族的。要知道，浣熊博比和负鼠比利叔叔会爬树，这对他来说已经够难接受的了，更何况现在又加上这两只小熊崽儿。会爬树的人太多，对松鼠家族来说没什么好处。"他们又不是有什么正经事非在树上干不可，"红松鼠小声嘀咕着，注意不让几只熊听到，"他们又不是非在树上待着。他们属于地面，而不是树上，我不想让他们侵占我们的树，我不想！我不想！"

现在，红松鼠查特尔心里也很清楚，这两只小熊崽儿和他一样，拥有了这片树林。

事实上，只要这两只小熊崽儿待在地面上，红松鼠查特尔就一点儿都不害怕他们。只要他觉得高兴，就不必事事谨慎。就算是戏弄他们，吓唬他们，只要他们的妈妈不在跟前，他也不会觉得害怕。但如果他们学会了爬树，那他们肯定会爬得越来越好，事情就会变得完全不一样了。

红松鼠查特尔看看小熊双胞胎，又看看熊妈妈，等后者在视野中消失后，他趁两只小熊崽儿不注意，跳到了他们所在的那棵树上——他跳到了小熊崽儿的上方。"我来吓唬吓唬他们。他们要是掉下去了，说不定就不敢再爬树了。"红松鼠查特尔嘀咕道。

他悄悄地跳到了小熊崽儿背后,然后朝他们大声喊道:"从这棵树上滚下去!从这棵树上滚下去!"

他离两只小熊崽儿很近,这声音就像水一样直接灌进了小熊崽儿的耳朵里。小熊崽儿意识到,在他们刚刚出来玩的那段时间,就是这个声音吓唬过他们两三次。这声音离他们太近,而且又如此让人措手不及,着实吓了他们一跳,害得他们差点儿没抓住树枝。鲍克斯转过身来,第一次看清了红松鼠查特尔的模样。他眼前是一只十分生气的红松鼠。小熊崽儿没有像红松鼠查特尔预想的那样害怕,也没有颤抖着从树上掉下去。相反,鲍克斯突然径直朝他爬去。显而易见,小熊崽儿也发怒了。现在,这是一只发怒的小怪兽哦。

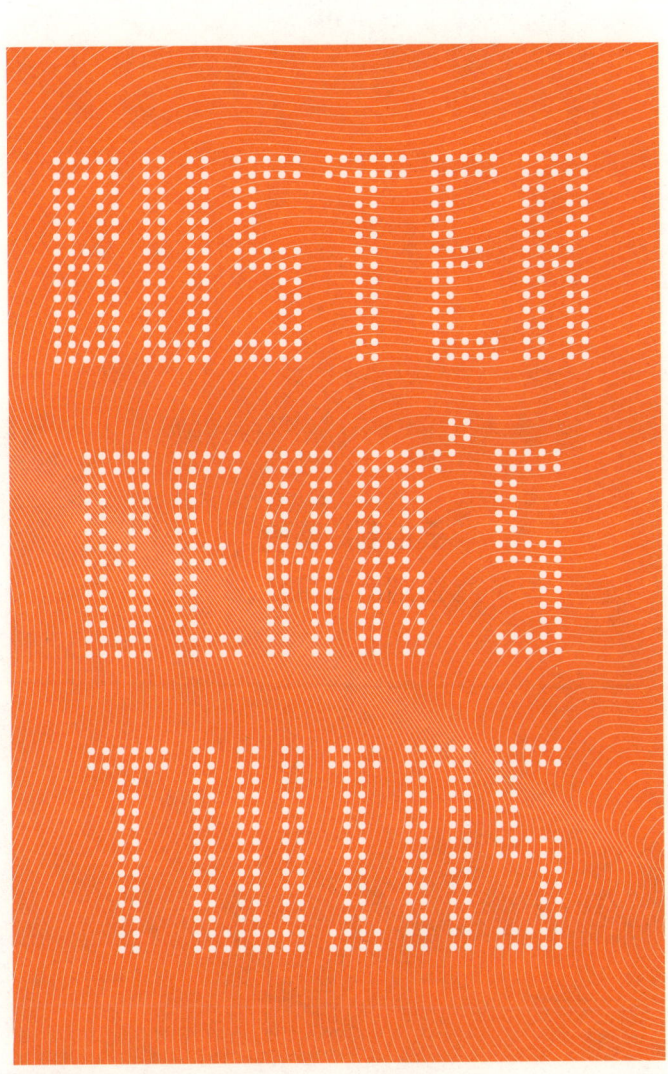

第八章
红松鼠查特尔追悔莫及

要控制好脾气,
否则追悔莫及。

最深思熟虑的计划，哪怕是聪明的红松鼠想出来的，也有不管用的时候。这次，红松鼠查特尔的计划就完全走向了不受控制的方向。这两只受到刺激的小熊崽儿，非但没有吓得从树上掉下去，反而生气地盯上了红松鼠查特尔。鲍克斯在前面，沃弗紧随其后。要知道，无论鲍克斯做什么，沃弗一定也会跟着学。

红松鼠查特尔都不知道这一切是怎么发生的，他完全乱了阵脚。就像大多数吓唬小孩的人一样，红松鼠查特尔也是一个胆小鬼。他的勇气大都表现在嘴巴上。有那么一会儿，他惊讶得完全不知所措，甚至连他的舌头也僵直不动了。当他明白过来是怎么一回事时,他拔腿就跑。

小熊崽儿紧随其后,而且爬得很快,快得出乎意料。有很多树枝可以让他们抓着,他们不必担心掉下去。红松鼠查特尔因为太害怕,忘了使用日常生活中积累的那些小智慧。当他跑到唯一一处能跳到另外一根树枝的地方时,他才想到自己应该跳过去。可是,为时已晚。是的,已经太晚了——鲍克斯已经站在了那根树枝上。

红松鼠查特尔发现自己被包围了,他没办法跳到鲍克斯已经占据的那根树枝上,也不敢直接冲过这对双胞胎的包围。他不会直接跳到地面上,除非他别无选择。因为那是致命的一跳,实在是太危险了。他唯一能做的就是爬得再高一点儿,希望小熊崽儿会因为害怕而不敢跟上来。

小熊崽儿其实正在享受这个追逐的过程,享受爬树的乐趣。现在,他们发现自己并不害怕这个蛮横无理、穿着红外套的坏家伙,反倒是他比较害怕自己。

"别让他跑了,"鲍克斯吼道,"快点儿,沃弗,我们一定得抓住他!他身体小,跑得快,但他是一个人,我们是两个人,只要我们把他包围住,他就一定跑不了。"

沃弗现在也挺乐意玩这个游戏。他们一直跟在红松鼠查特尔的后面。红松鼠查特尔的舌头僵住了。他发不出一点儿声音,喊不出谁的名字,也做不出什么鬼脸了。他看起来也没那么无礼和暴躁了。他现在就是一只受到严重惊吓的红松鼠。他对刚才乱发脾气,吓唬两只小熊崽儿的事感到很抱歉。可是,已经太晚了,说声"对不起"已经不能帮他解决问题了。

红松鼠查特尔知道自己现在的处境。无论是小熊崽儿里的哪一个都比他的个头儿要大些,尽管他们还是熊宝宝。他们已经发现没有什么值得他们害怕的了,反倒是红松鼠查特尔比较害怕他们。很明显,两个熊宝宝在享受这段美好的时光,享受这段追逐的过程。红松鼠查特尔低头看着他们那锋利的爪子,后悔自己不该去招惹他们。

　　这时,红松鼠查特尔已经爬到树顶了。如果小熊崽儿还是紧跟不舍的话,那他只有从树上跳下去了。往下看的时候,红松鼠查特尔都会抖得很厉害。这对好奇的双胞胎,或者他们中的某一个,有可能抓到红松鼠吗?

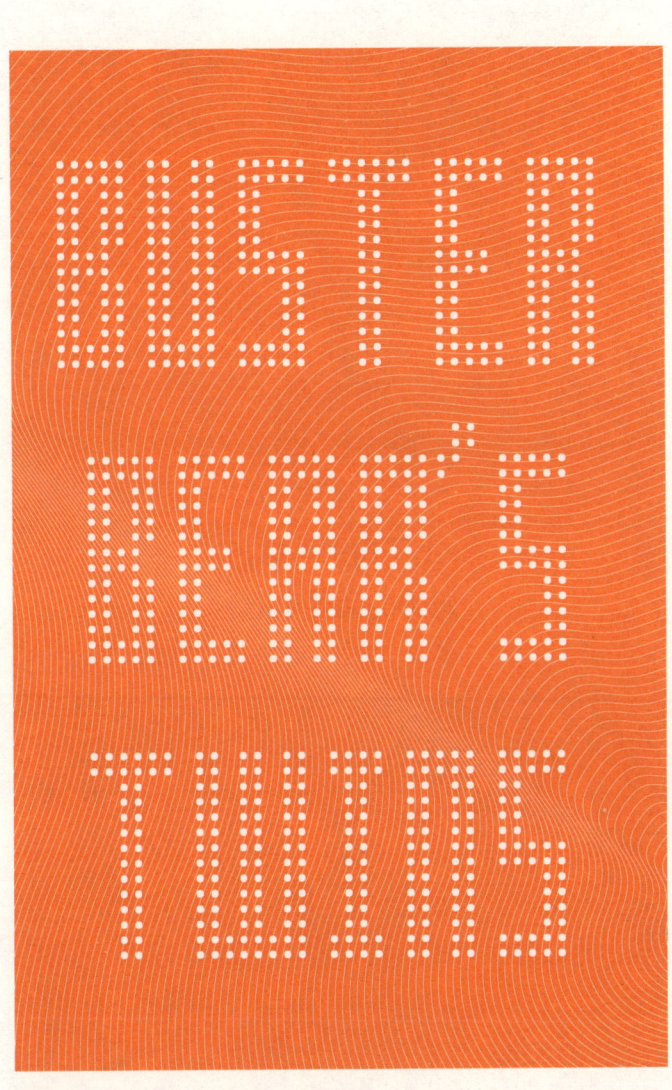

第九章
听妈妈的话

上了树别得意,
妈妈的话要牢记。

鲍克斯和沃弗度过了一段美好的时光。尽管这是他们第一次爬树，但还是觉得爬树是一件非常有趣的事情。在树枝刚刚长起来的地方，他们真的感觉像是在家里一样舒服。光是从一根树枝爬到另一根树枝上就很好玩。追逐那只企图吓唬他们的红松鼠也是一件十分有趣的事情。这是双胞胎第一次发现自己可以让别人感到害怕，这对他们来说十分重要。他们感觉自己很强大，比当时呜呜哭着不敢爬树那会儿强大了两倍。所以，双胞胎小熊真的度过了一段奇妙的时光。

可是，红松鼠查特尔却恰好相反。他希望自己当时不要多嘴，舌头最好一直僵直不动；他希望自己没有跳到那棵树上去吓唬两只小熊崽儿；他希望从一开始他就没有跟踪他们；他希望小熊崽在树上能够更害怕一点儿，这样自己才不致被追得那么狼狈。他甚至希望他们能从树上掉下去。事实上，红松鼠查特尔实在是被吓得够呛，他只是希望自己能有个逃命的机会。

如果红松鼠查特尔没有怕成这样，他可能已经发现双胞胎中领头追他的那只，也就是鲍克斯，其实也犹豫不决。他现在爬到一根比较细的树枝上，这根树枝有点儿承受不住他的重量。他自己也发现，如果接着爬的话，可能会越来越不安全。可是，就这样把红松鼠查特尔给放跑，他又实在有些不甘心。他觉得，如果放弃了，红松鼠查特尔肯定会吹嘘自己有多么聪明，以及自己是怎样捉弄他和他妹妹的。的确，之后红松鼠查特尔还真就是这么干的。

就在红松鼠查特尔希望两只小熊崽儿出点儿什么事的时候，鲍克斯和沃弗也在想有没有什么方法能让自己不用再往上爬，同时又能让红松鼠查特尔一直害怕。

就在这时，一个低沉的声音从树下传到他们耳边。"马上下来。"这是熊妈妈的声音。

"是，妈妈。"沃弗乖巧地回答道，然后就开始往下爬。

"我想抓住这个吓唬我们的家伙。"鲍克斯说道，好像自己不想下去一样。

"你听到我说什么了吗？"熊妈妈的声音变得更加低沉了，"该回家了，现在就下来。"

"好吧，妈妈。"鲍克斯说道。这句话他说得就像妹妹一样乖巧。熊妈妈的语气好像在暗示鲍克斯，不听话绝对不是一个明智的选择。

于是，鲍克斯告诉红松鼠查特尔下次可没这么容易逃脱之后，就开始跟着沃弗一起往地面爬去。当他们到达最下边的一根树枝，只剩这一根可以让他们抓住的时候,他们又害怕起来。整个往下爬的过程,他们又不免呜呜地哭起来。有时候往下爬可比往上爬还要难一些,这是正常的。最后,他们还是成功地到达了地面。熊妈妈眼神骄傲地闪了几下,但她故意没让两只小熊崽儿看见。"听话,是生活中的第一课,这次你们的屁股不用挨打了。"熊妈妈说完便走上了回家的路。

鲍克斯和沃弗紧跟其后,再次有模有样地学起了妈妈的样子。然后,他们就听到了红松鼠查特尔兴奋的喊叫:"你们抓不到我!你们抓不到我!"

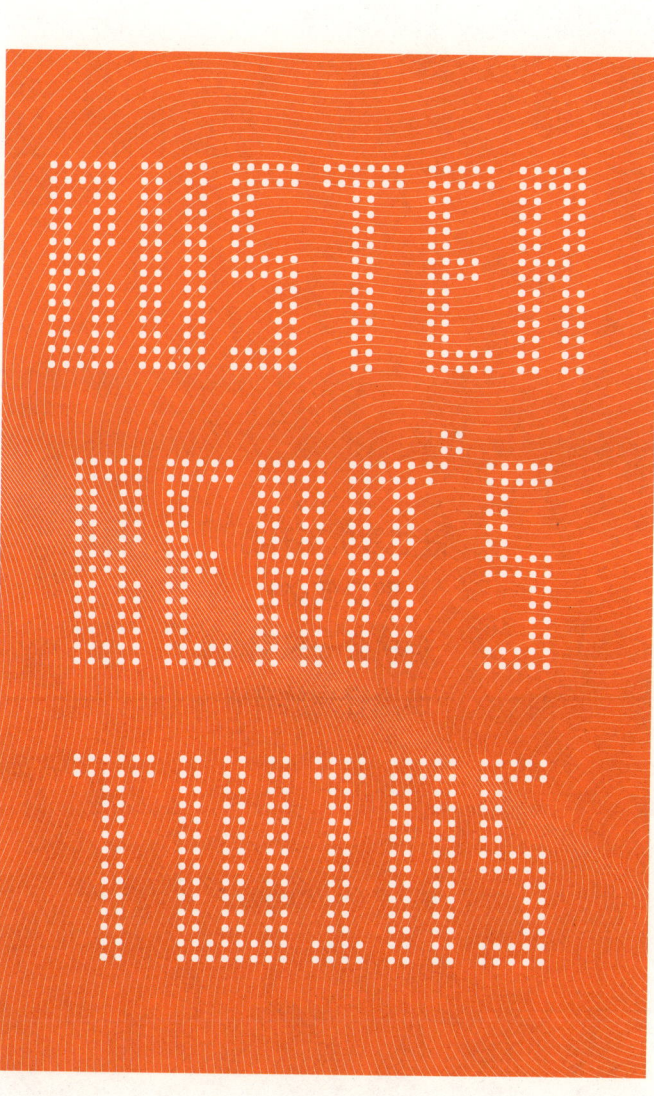

第十章
双胞胎找兔子彼得算账

既然复仇不开心,
那又何必!
但机会一来到,
谁愿轻易放弃?

虽然复仇不怎么让人开心,但对当事人而言却是件实实在在的事情。复仇在世界上时有发生。如果没有复仇一类的事,说不定世界就清净了很多。复仇的欲望制造了太多麻烦,导致了许多伤心与痛苦的事情。但复仇的确能让复仇者满意,能让他快活。双胞胎鲍克斯和沃弗就是这种情况。

你们还记得,鲍克斯和沃弗第一次冒险从挡风帘子后面出来,有一只叫彼得的兔子故意用重重的跺脚声吓唬他们的事情吗?那时,双胞胎还太小,对世界上的事情知道得很少——应该说,是一无所知吧。兔子彼得对他们来说,真是个可怕的家伙,他们可忘不了他。无论什么时候，他们只要走出挡风帘子，就会时时刻刻提防着他，准备一看见他就逃跑。

但过了很久，双胞胎都没有再见到兔子彼得。这时，他们已经长大了许多，认为自己已经比兔子彼得的个头儿大一些了。另外，他们经常跟着熊妈妈到外面去，也学到了许多东西。小熊崽们有着非常好的记忆力，学得非常快。终于，他们再次见到了兔子彼得。事情的经过是这样的：

兔子彼得能不靠近格林森林就不靠近，他希望自己离得越远越好。当初因为好奇，他想知道那里发生了什么事情，这给他带来了太大的负担。他每次去拜访河狸帕迪时都小心翼翼的，尽量离熊妈妈和双胞胎的挡风帘子远一点儿。他很想知道双胞胎的事情，很想见上他们一面，可一想到熊妈妈的暴脾气，他便打消了这个念头。他觉得，去河狸帕迪那里应该还是比较安全的，因为河狸帕迪的池塘离挡风帘子还有好长一段距离呢。

兔子彼得不知道的是，现在熊妈妈不管去哪里都带着双胞胎。就在这天，熊妈妈决定带着两只小熊崽儿去河狸帕迪的池塘附近看看。双胞胎玩累了，找了块有阳光的地方躺着休息。熊妈妈到哈哈溪钓鱼去了。

兔子彼得出现在河狸帕迪的池塘附近时，熊妈妈正坐在哈哈溪的灌木丛后安心地等一条鱼上钩。这会儿，兔子彼得也大意了，他一心想找河狸帕迪，眼睛和耳朵并没有注意别的事情。就这样，他到了双胞胎睡觉的地方还浑然不知，他还坐了下来，远远望着河狸帕迪的池塘。

双胞胎还没有睡着。他们听到了兔子彼得路过的声音。一睁开眼睛，他们就看到了这个曾经吓唬过他们的可怕的家伙。但现在，他看起来可没什么可怕的了，兔子彼得比他们想象的要小得多——实际上，是他们的个头儿比兔子彼得大了一些。他们的个头儿长得可真快啊。鲍克斯眨了眨眼睛，心想这个家伙或许就跟红松鼠查特尔一个样，只会欺软怕硬。他蹭了蹭沃弗，两只小熊崽儿悄悄地跑到了兔子彼得的后面。

　　鲍克斯踩到了脚下的树枝，弄出了一点儿声音。兔子彼得转身一看，眼珠子差点儿掉了出来。他尖叫一声，转过身来，撒腿就跑，一蹦好几步地往灌木丛跑去，双胞胎在后面穷追不舍。现在，双胞胎明白这家伙更害怕他们。想起他们还小的那会儿，兔子彼得是怎么吓唬他们的事情，他们就决定要和他好好算算这笔账。这真是有趣极了。

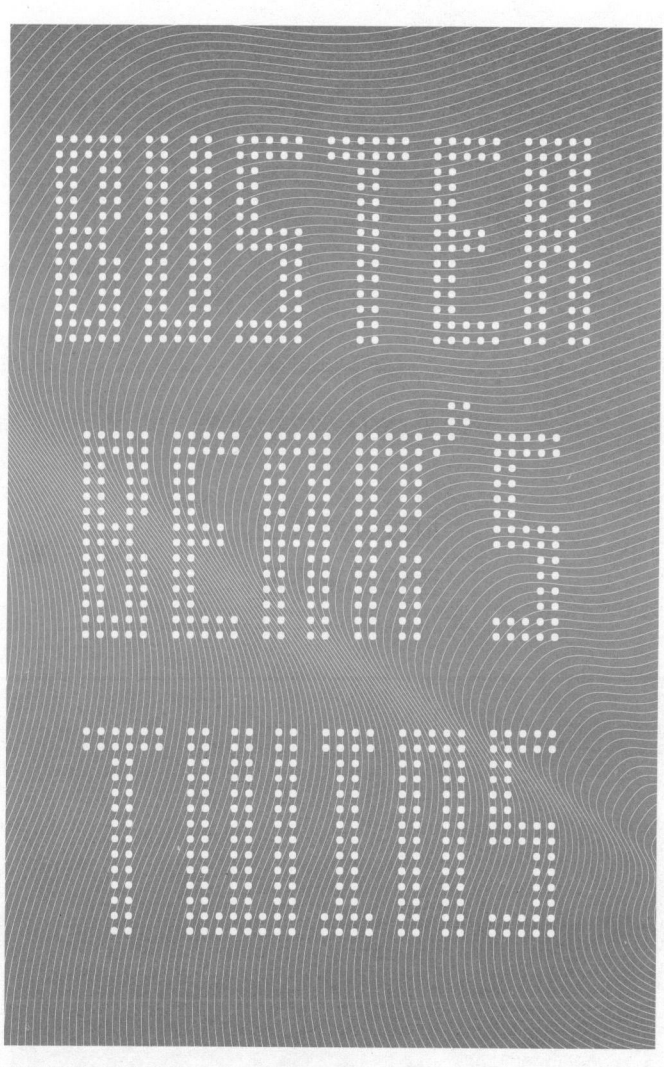

第十一章
兔子彼得处境困难

麻烦突然来到,
害怕都来不及。

现在，鲍克斯和沃弗真正感受到无穷的快乐。他们把兔子彼得逼到一簇灌木丛下，正想方设法抓住他。这可比抓红松鼠查特尔那次好玩多了。但对兔子彼得来说却一点儿都不好玩。眼下，兔子彼得面临着一个相当棘手的情况，他自己也意识到了这一点。他从来都没有被吓成这样过。一只小熊就够他受的了，更别说现在有两只。

这两只小熊非常好动。以前，兔子彼得不知道，原来小熊也可以这么好动，这是他第一次见到这种事情。他们绕着灌木丛飞快地跑着。兔子彼得相信，要是能抓住机会，他一定可以把这两只小熊甩掉。可问题是，他怎么样才能抓住机会。他相信自己大长腿的速度比自己逃生的能力更可靠。不过，受到极度惊吓，或者这会儿受到两只小熊的突袭时，他凭借的却还是后者。遇到危险时，寻求一个藏身之处是兔子彼得的天性，这通常也是他最明智的选择。

这时，鲍克斯把头伸进一边的灌木丛，喊道："我看见他了！沃弗，我到下面去，我要把他赶到你那边。"

在灌木丛的另外一边，沃弗兴奋不已。她手舞足蹈地大声喊道："我要抓住他了！我要抓住他了！鲍克斯，把他赶出来，快点儿把他赶出来！"

"啊！"鲍克斯惊呼道，有根树枝扎到了他的脸，"他爬到那边去了，沃弗，小心！"

"哪边？"沃弗叫着，从这边跑到另一边，接着又跑回来。

"啊！天哪！我被卡住了！"声音从鲍克斯那边传过来。不一会儿，他跑了出来。"没办法，我进不去，"他喘着气说，"我跳到上面去，看看能不能把他从那边给吓唬出来。"

于是，鲍克斯又爬上了灌木丛，在上面跳来跳去。同时，沃弗沿着灌木丛跑着，不时停下来朝每个入口张望。"我看见他了！我看见他了，鲍克斯！"沃弗喊着。然后，她就开始朝鲍克斯刚刚踩过的灌木丛里钻。

但没钻一会儿她就发现，兔子彼得藏身的地方她进不去。另外，好像灌木丛里每个方向的树枝都会刺到她。因为被树枝扎到，她尖叫了两次。

"你感觉怎么样？"鲍克斯喊道。听到妹妹的喊叫，他在那儿一个劲儿地咧着嘴笑。

沃弗从里面钻了出来，把身上的树皮蹭掉。但她身上还是比哥哥要整洁得多。"要我说，我们不如把灌木丛从中间扯开，这样我们就好找一些。"

于是，双胞胎开始干了起来。他们一人一边，使劲把灌木丛往两边扯。兔子彼得就躲在里面最隐蔽的地方。

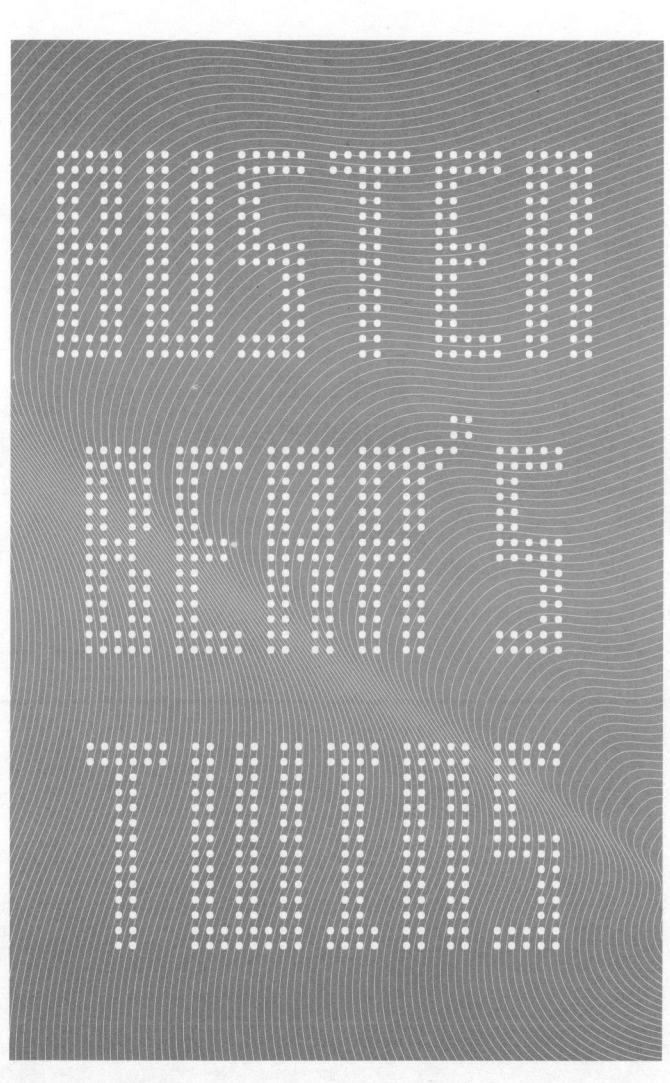

第十二章
兔子彼得冒险一试

撑死胆大的,
饿死胆小的。

这对双胞胎就像一些小男孩和小女孩一样，做事都考虑得不怎么周到。他们戏弄兔子彼得的时候玩得很开心，他们已经很久没有这么开心过了。他们没有想到自己的乐趣会给兔子彼得带来多大的麻烦。是的，现在他们的小脑袋瓜还根本想不到这些事情。

现在，兔子彼得真的是在遭罪，他怕得要命。这种心理上的煎熬可比身体上的痛苦难受多了。他很确定这两只小熊崽儿想杀死他，然后把他给吃了。其实，这样的想法还没有出现在小熊崽儿的脑袋里。他们现在还小，想不到要吃肉。他们就是觉得捉兔子好玩，还能顺便为上次被他吓到那事算账。但兔子彼得并不知道这些。许多人想抓他，都是打算享受一顿美味的晚餐。于是，兔子彼得认为这也是鲍克斯和沃弗对他穷追不舍的原因。他在灌木丛里来回躲闪，感觉自己的心都要提到嗓子眼儿了。至少，看起来他是真的被吓成这样了。两只小熊崽儿打算把灌木丛扯开时，兔子彼得脑子里一片空白——那一刻，他绝望了。

不过，这也就是一会儿的事。以前，兔子彼得也遇到过很棘手的处境，身经百战的他知道向绝望投降完全于事无补。"如果我原地不动，那他们迟早会找到我的。"兔子彼得心想，"如果一有机会我就逃，最坏的可能也就是被他们抓住，但如果他们没有抓住我呢？嗯，看来这个险值得一冒。"

他听到了外面两只小熊崽儿兴奋的声音。他们正忙着把灌木丛扯开。他们一人一边，兔子彼得必须趁他们两个都不注意的时候窜出来，无论是哪一边都行。他往一边爬的时候不小心碰到了一根树枝。鲍克斯耳朵灵敏，立刻就听到了。鲍克斯喊道："他要出来了！"然后他就立刻跑到另一边去阻截兔子彼得。

兔子彼得只得又爬回中间。有那么一阵子，鲍克斯只是拖着灌木往后退。兔子彼得忽然想到妈妈以前说过的话。他小时候刚刚接触外面的世界那会儿，他妈妈经常重复这句话："如果你必须冒险一试，时刻记住你必须出其不意。"这是妈妈说过的原话。

"这两只小熊现在希望我能从这边或者那边跑出去，"兔子彼得想着，"但他们不会想到，只要我能跑出去，我会选一个最出人意料的地方。这一定会吓他们一跳的。这是我最好的机会，是的，我最好的机会。"

鲍克斯还在使劲拉扯那一边的灌木。兔子彼得悄悄地爬到鲍克斯那边的一个角上。他的心怦怦直跳，都快要跳到嘴里去了。兔子彼得看准机会，一下跳了出来——他几乎就是从鲍克斯的鼻子底下跳出来的。

第十三章
双胞胎自乱阵脚

你埋怨我埋怨,
心离得越来越远。

兔子彼得从鲍克斯的鼻子底下跳出来时,这只小熊十分惊讶,怔住了。这正是兔子彼得所希望的。这给了他一个绝好的机会。随后,鲍克斯一声尖叫,开始对他紧追不舍。"他跑出来了!他跑出来了!快点儿!沃弗,我们现在就抓住他!"鲍克斯喊着。他太兴奋了,差点儿在奔跑时摔倒。

兔子彼得从灌木丛里出来后,转向左边,以最快的速度一蹦一跳地跑着。他再一次做出了出人意料的决定。他知道沃弗就在灌木丛的另一边,而且,沃弗也很清楚兔子彼得知道她的位置,这样,她自然不会期待兔子彼得会跑到她那边去。但是,彼得向她跑了过去,这是她根本没有料到的。

兔子彼得就这样做了。灌木丛里,鲍克斯一蹦一跳地追着兔子彼得。正如兔子彼得预料的一样,沃弗也竭尽全力地追着。兔子彼得以他独有的方式左躲右闪。沃弗和鲍克斯跑得太快,他们没法一下子停下来。或许,你能猜出来接下来发生了什么事情。这两只小熊跑得太快,停不下来,结果他们撞到了一起!两只小熊大发脾气,完全忘记了追兔子彼得这件事。他们就这么互相埋怨,还踩对方的脚。鲍克斯出手很快,一下子打到了妹妹的头上。"为什么你跑的时候不看清楚点儿?"他大声喊道。

沃弗当然也不甘示弱,很快还了鲍克斯一巴掌,气急败坏地说道:"你自己为什么不小心点儿!"

他们站在那里你打我一拳,我还你一掌,说着难听的话,谁也不让着谁。他们红着眼睛怒视着对方。然后,鲍克斯突然朝沃弗甩出胳膊,这一下彻底激怒了沃弗。他们直接在地上打起来了,两人滚作一团,打啊,抓啊,挠啊,咬啊,一会儿这个在上面,一会儿那个在上面。接下来,他们扭作一团,根本分不清谁在上谁在下。要是有外人在旁边看,还真是分不清谁是谁。

对双胞胎来说,打这一场架可真是糟糕透顶了。当时,他们的确没有控制好自己的脾气,根本想不到他们俩还是兄妹。直到都累得喘不上气,两个人才各自停了手。

鲍克斯挠着耳朵问道:"我们为什么要打架?"他看起来有点儿羞愧。

沃弗挠着自己的鼻子说:"我也不知道。"

鲍克斯说:"我觉得我发脾气是因为你撞到我了。"

沃弗说:"我没有撞到你,明明是你撞到我了。"

"才没有这回事!"鲍克斯吼道,眼睛又变红了。

"是你撞的我!"沃弗的眼睛也变红了。

要不是鲍克斯突然想起还有追兔子彼得这么个事的话，估计又得来一场刚才那样的大战。

"我们追的那个长腿的家伙呢？"鲍克斯吼道，"都是他的错。"于是，双胞胎又开始到处找兔子彼得的踪迹，但兔子彼得早就没影儿了。

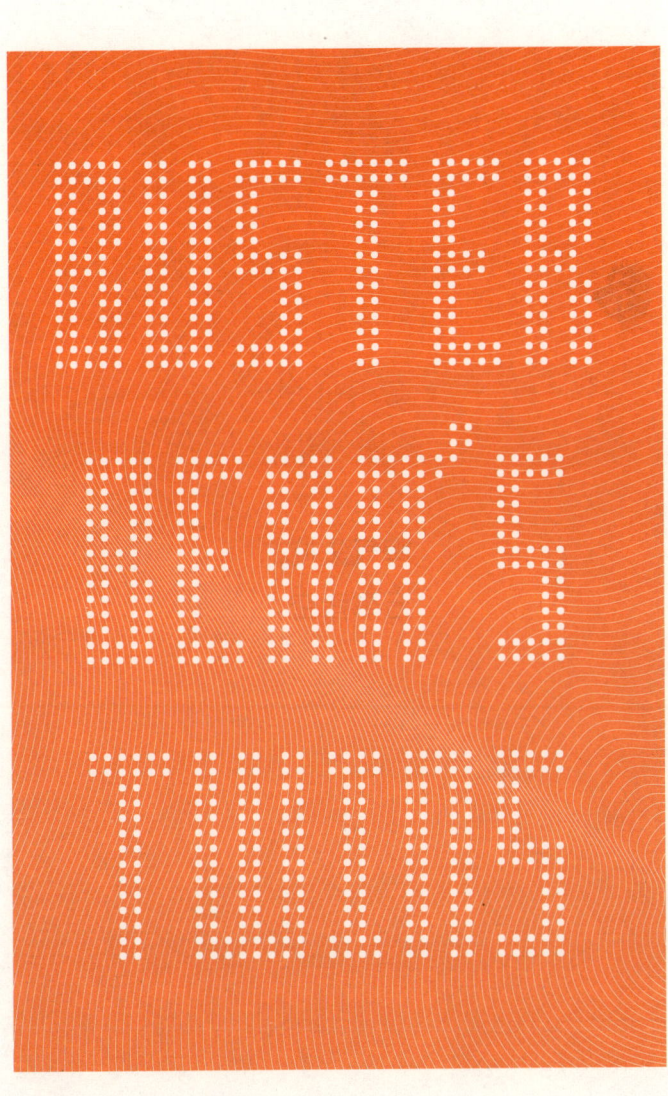

第十四章
听妈妈训话

脾气失控,
万事皆空。

如果有两只觉得自己很笨的小熊，那他们一定是大熊巴斯特的双胞胎。他们觉得自己真是够愚蠢的。兔子彼得恰好抓住了这个机会，甩着两条大长腿，撒腿就跑了。他到底跑到哪里去了，鲍克斯和沃弗一点儿都不知道。

他们这边找找，那边找找，在灌木丛底下搜索，甚至把灌木从中间扯开，最终也没有找到兔子彼得的踪迹。事实上，兔子彼得早就跑得远远的了。当时，他直接就往蔷薇丛跑去，一路上都在窃喜。两只小熊崽儿一开始打架，他就一点儿都不害怕了，他知道这两只小熊崽儿已经没有什么可怕的了。

"一个人要是没控制住自己的脾气,他也就丧失了理智。"兔子彼得轻声笑道,"就算我早就计划好了这件事情,我也做不到更好了。不过,天哪,这两只小熊崽儿长得多快啊!我想我以后还是离格林森林远点儿吧。"这个决定表现出了兔子彼得的智慧,那种懂得只要肯吸取教训就为时不晚的智慧。

最后,双胞胎放弃寻找兔子彼得了。

"我……我……我希望我没有弄伤你。"鲍克斯乖巧地说道,因为他看到沃弗又在挠鼻子,"我不是故意的。"

沃弗反驳道:"你就是故意的!你就是故意伤害我的!我知道,你肯定跟我想的一样。我当时是故意伤害你的,但我希望我没有,我要是没那么做就好了。"

"也没有啦,"鲍克斯很是羞怯地挠挠耳朵,"我们就算扯平了吧。我们没追上的那个家伙说不定正在嘲笑我们呢。他会跟他见到的每一个人说我们俩有多么笨。唉,这架打得可真是不值啊。"

"这也不一定。"一个低沉的声音说道。

双胞胎转过身,发现熊妈妈正看着他们,说:"无缘无故打架当然没有好处,为自己的利益而战就不同了。那些不会为自己的利益而战的人,无法在世界上拥有一片天地。当然,这也包括那些整天无所事事只知道打架的人。那你们又是因为什么而跟人打架呢?"

双胞胎觉得越来越不好意思,就把兔子彼得的事都告诉了熊妈妈。他们说了他们开始是怎样打算抓住兔子彼得,后来又是怎样撞到了一起,没控制住自己的脾气的。

熊妈妈的眼睛闪了一下,可她尽量不让双胞胎发现。"应该打你们俩的屁股。"熊妈妈严厉地说,"要是下次再让我知道你们打架,我一定会惩罚你们。这次就算了。我希望你们能好好想一想,吸取教训。'鹬蚌相争,渔翁得利',控制不住自己脾气的人往往会失去更多,就像你们失去抓住兔子彼得的机会一样。现在整个格林森林里的动物都该嘲笑你们了,兔子彼得也会到处吹嘘,说自己要比两只小熊崽儿聪明得多。"

"我们一定会找他算账的。"鲍克斯嘟囔着。

"不,你们没有机会了,"熊妈妈说,"兔子彼得不会再给你们任何机会的。"——而这也正是兔子彼得暗自下的决心。

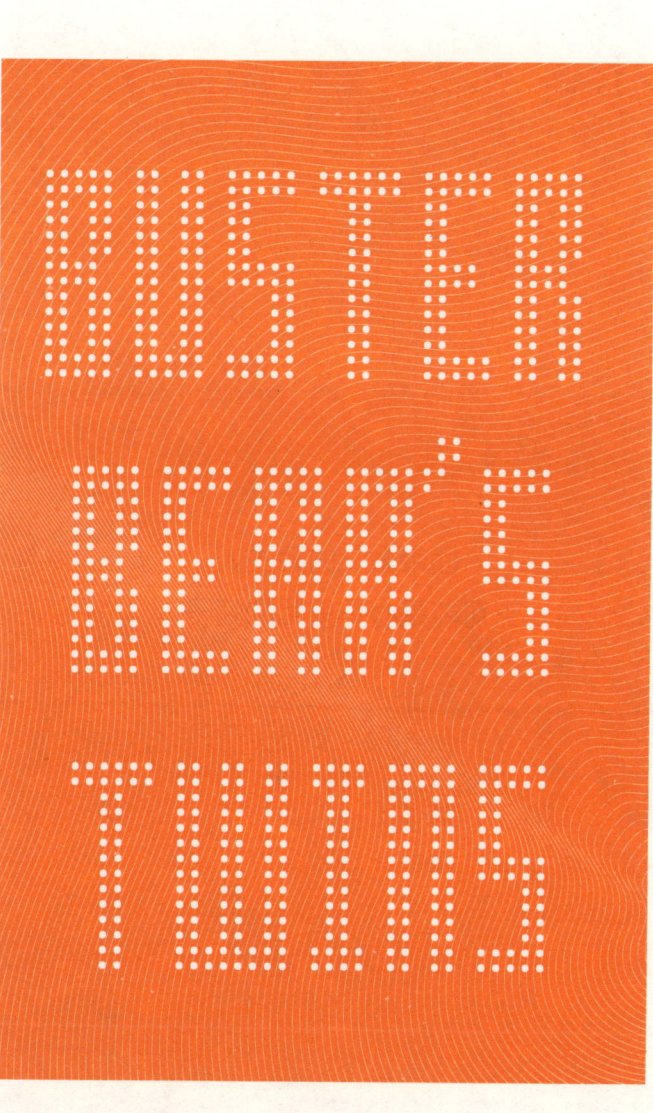

第十五章
第一次见到爸爸

面带微笑的陌生人,
可能是心怀鬼胎的骗子。

鲍克斯和沃弗想知道,格林森林的熊家族里是不是只有他们三个——至今他们都没见过别的熊。一天,他们在哈哈溪周围玩,熊妈妈正忙着在一个老树桩周围抓蚂蚁。这时,沃弗发现了一个大脚印,她赶快喊鲍克斯过去看。之后,两只小熊崽儿就坐在那儿盯着对方,眼睛里满是好奇的神情。"这不是妈妈的脚印,"鲍克斯小声说道,好像怕被谁听到一样,"你觉得像谁的脚印?"

沃弗朝鲍克斯的方向挪了挪。"我不知道,"她小声地回答道,还慌忙朝四周看了看,"这不是妈妈的脚印,你看,那边有妈妈的脚印,两个是不一样的。

一定还有比我们个头儿更大的陌生人住在附近。"

双胞胎靠在一起站着,观察四周的情形。他们担心那个大块头陌生人就在附近。不过他们突然想起妈妈就在不远处,便一下子感觉踏实了很多。

他们并没有看到什么陌生人,周围的事物也都跟往常没什么两样。他们竖着耳朵,聚精会神地听着,听到的都是熊妈妈用手拆除那个老树桩的声音,以及乌鸦布雷奇呱呱的叫声,哈哈溪汩汩的流水声,快乐的小微风在树梢飘过的声音。

现在,就算是兔子彼得,也没有鲍克斯那么强烈的好奇心。这只小熊的脑袋里一直琢磨着那个脚印,他知道自己的鼻子比自己的耳朵和眼睛更好使。现在,眼睛没看出什么来,耳朵也没听出什么来,他只能试试自己的鼻子了。

他嗅了嗅那个脚印,顿时不寒而栗。他的鼻子告诉他,这个脚印属于一只他从来没有见过的大熊。这只大熊刚刚经过这里不久，这一点毫无疑问。想要见一见这陌生人的欲望在鲍克斯的大脑里出现了。一颗好奇的心果然比恐惧强大得多啊。

"我们跟着他的足迹走，说不定能见到他。"鲍克斯对沃弗说道。于是，他们开始沿着气味走过去。

现在，无论双胞胎中的一个做什么，另一个也会跟着去。沃弗跟着哥哥去了，就这样，一个跟在另一个后面。他们用鼻子贴着地面，穿过了格林森林。每隔一会儿，鲍克斯就得坐起来看一看、听一听周围的情况。每当这时，沃弗就跟着做同样的事情，这让他们两个感到非常兴奋。他们太兴奋了，完全忘记了熊妈妈告诫他们不要走太远的忠告。他们越走越远，彻底离开了熊妈妈干活儿的地方。

就在这时，没有一点儿预兆，一只大熊就从一棵半倒的树后面出现了。他穿着黑色的外套，体型就跟熊妈妈一样大。当然了，你肯定知道他是谁。他就是大熊巴斯特。这是两只小熊崽儿第一次见到他们的爸爸,也是熊爸爸第一次见到他们。但双胞胎并不知道这是他们的爸爸,关键是,熊爸爸也不知道这是他的孩子。这种事情在格林森林里时有发生。

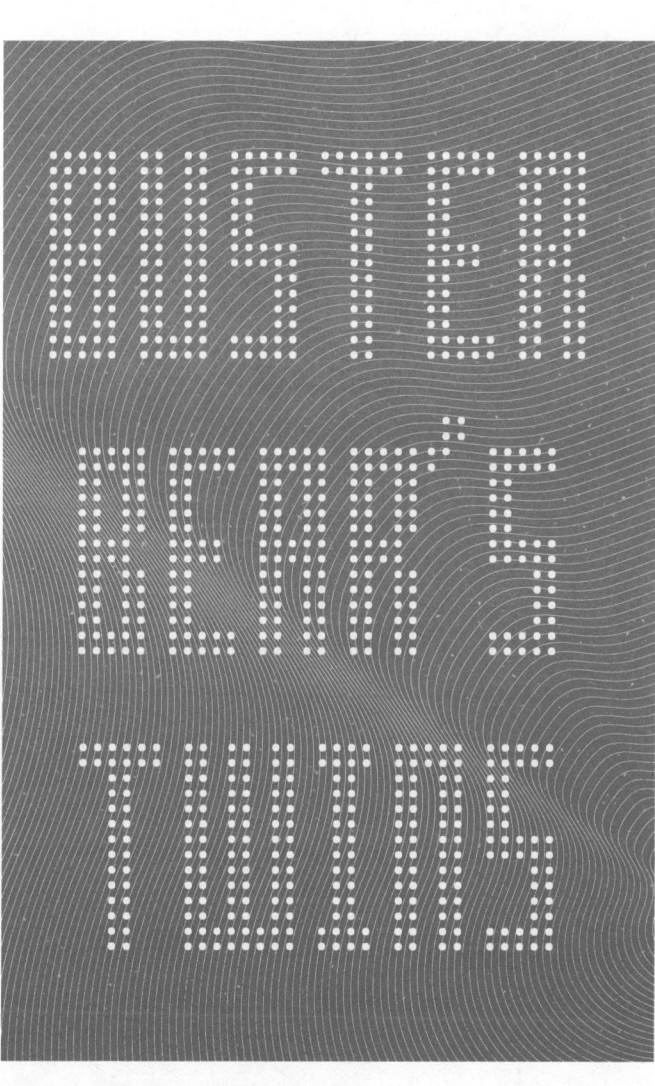

第十六章
大熊巴斯特要吃熊宝宝

要逃赶紧逃,
决定要趁早。
犹豫复犹豫,
小心逃不了。

熊妈妈是一位非常明智的母亲。她教会孩子的第一件事，就是安全第一。她教育他们，如果遇到可能存在的危险，首先要做的，就是抓住时机逃跑，否则，等到确认危险来临，就已经太晚了。"逃跑能够让你们免遭伤害，"她说道，"如果只是等待，那有可能在危险来临时，自己已经无法脱身了。宁愿不停顿地白跑一百次，也不要因为一次没跑就深陷危险之中。"

当双胞胎第一次面对大熊巴斯特时，他们的第一反应是正确的。他们既惊讶又恐惧，互相盯着对方。停顿了一两秒，他们就迅速地逃走了。

你有没有觉得双胞胎不认识自己的爸爸很奇怪？

你有没有觉得大熊巴斯特不认识自己的孩子更奇怪？只要想想他们从来没见过彼此也就不奇怪了。在双胞胎出生以来的三个月里，他们就没有离开格林森林里的挡风帘一步。当他们真的走出来时，大熊巴斯特又到格林森林的另一个地方去了。熊妈妈警告过他，让他离挡风帘远一点儿，他也同意了。现在，大熊巴斯特和双胞胎对彼此都是一无所知。

大熊巴斯特不知道这是他的孩子。见到这两个入侵者，他十分生气。他觉得格林森林里的熊已经够多了。他只想和熊妈妈一起拥有格林森林。这两只小熊现在简直就是来自找麻烦。无论怎么说，两只小熊日后都需要大量的食物，而这就意味着想要在格林森林中找到充足的食物会变得更加困难。于是，惊讶过后，大熊巴斯特就怒吼起来，这是一声发自他喉咙深处的嘶吼。双胞胎吓得拔腿就跑。这是他们听过的最可怕的声音。

双胞胎一直跑到离他们最近的一棵大树旁，然后立即就往上爬去。连红松鼠查特尔都爬不了那么快。在树上，他们能稍稍感觉安全一些。大熊巴斯特走到树下，抬头看着这两只小熊崽儿。这两只小熊崽儿够胖的，他们真是挺胖的。

"应该够吃，"大熊巴斯特想着，"他们可真是一顿不错的晚餐。不管怎么说，他们在这儿，可真是没什么用处，而我怎么说也在这儿住了那么长时间了，尝点儿新鲜也未尝不可。如果上去抓住他们，真可以算一举两得。一是可以帮格林森林除去一个麻烦，二是我自己可以饱餐一顿。这事不做白不做。"

当然，这事听起来未免有些太可怕了。可是，大熊巴斯特并不知道这两只小熊崽儿是他自己的孩子。他们就像兔子彼得一样，对大熊巴斯特来说没有什么特别的含义。要知道，如果有任何机会的话，大熊巴斯特是不会让兔子彼得从他手中逃脱的。

大熊巴斯特朝四周看了看,确定没有动物注意到他。然后,他就用自己的大爪子慢慢地往树上爬了起来。

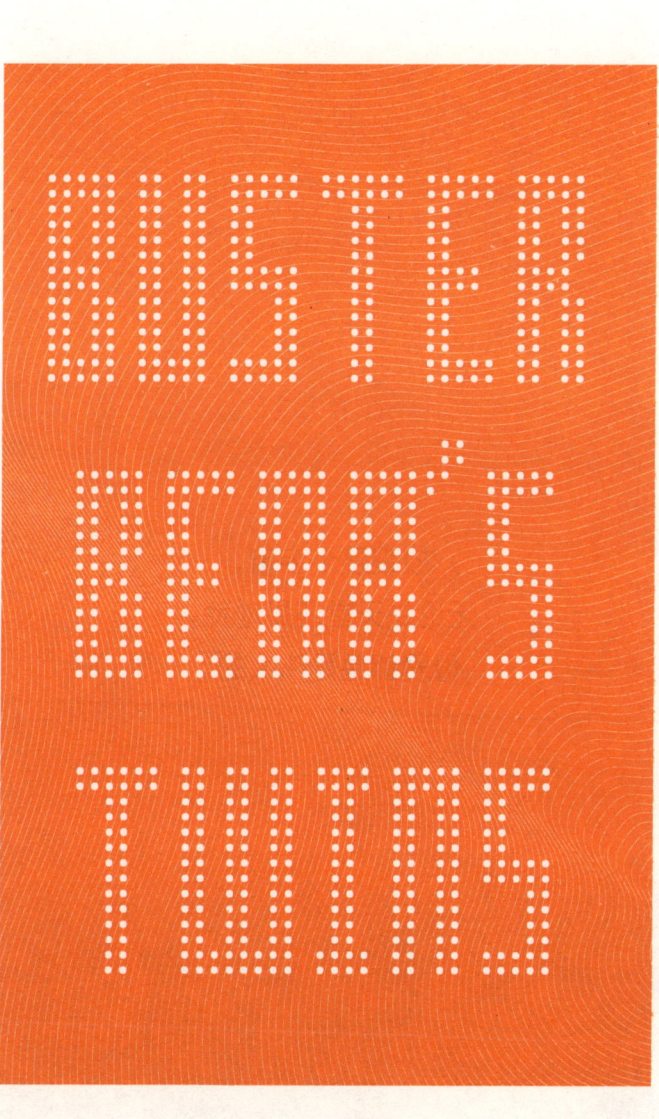

第十七章
熊妈妈赶来救援

放眼整个宇宙,
无论是天堂还是地狱,
母爱都是最伟大的。

母爱是超越一切的伟大之爱。没有什么可以与母爱相提并论。没有母亲不敢面对的危险，也没有母亲不能做出的牺牲。母爱是世间最完美的感情。

鲍克斯和沃弗以为爬上一棵树就能安全许多，他们的小脑袋还无法想象大熊巴斯特也是会爬树的。你可以想想，当大熊巴斯特出现在他们身后的时候，他们得有多么害怕。他们不停地爬啊爬啊，一直爬到了树的最高处。他们手脚并用，抓住树枝，简直就是格林森林里受到最大惊吓的两个小家伙儿。

现在，这两只小熊在很多方面都像小男孩和小女孩一样，他们能信任的就是自己的妈妈。他们受到特别大的惊吓时,就会不自觉地想到呼喊自己的妈妈。

鲍克斯和沃弗就在做着这样的事情。他们见到大熊巴斯特以后,在往树上爬的时候就已经开始轻声啜泣了。然后,当他们看见大熊巴斯特在后面紧紧追着他们时,他们就大声地哭喊了起来。

鲍克斯用最大的嗓门儿吼道:"妈妈!妈妈!"

沃弗尖叫道:"呜呜,妈妈!"

对这对双胞胎来说,幸运的是,熊妈妈离他们不远,她也听到了他们的呼喊。熊妈妈意识到,这次他们遇到的可能不是一般的麻烦,这声音里充满了恐惧。双胞胎正处于危险之中,这是不用怀疑的,甚至对她自己来说那也是十分危险的。但熊妈妈连想都没有想,就朝着哭喊声传来的那个方向奔去。她几乎慌不择路,直接在灌木林和树枝中间穿了过去,途中跳过了树桩,又折断了小树。

熊妈妈靠近她的两个孩子时,发出了一声怒吼。

大熊巴斯特顿时停了下来。他转过头不安地看着那个方向，竖起耳朵捕捉着每一处细微的声响。听到第二声怒吼时，大熊巴斯特明白树上的事情应该和他没有关系了。他停了下来，决定放弃爬上去的念头。是的，这正是他的决定，他放弃了。

从树上到地面还有一段距离，但地面正是大熊巴斯特想去的地方。他想赶紧回到地面。他想在别的动物出现在附近前先到达地面。到达地面的最快方式就是跳下去。这个时候，树枝的剐蹭和落地的冲击对大熊巴斯特来说已经不算什么了。

他落到地面的巨大声响，小熊们在树顶上听得一清二楚。他们停下哭声，想看看这只大熊摔死了没有。事实上，大熊巴斯特并没有摔死。哦，天哪！他刚刚落到地面，便拔腿就跑，那速度就算鹿莱特富特也赶不上。他们还看到大熊巴斯特惊恐不安地往后面看了好几眼。

熊妈妈从树林里出来的时候,大熊巴斯特还没有完全逃出她的视野。她一下就看到了他。熊妈妈惊吼一声,紧追着大熊巴斯特跑了过去。大熊巴斯特看起来跑得更快了,好像没有什么能比那声吼叫更能让他加快速度的。

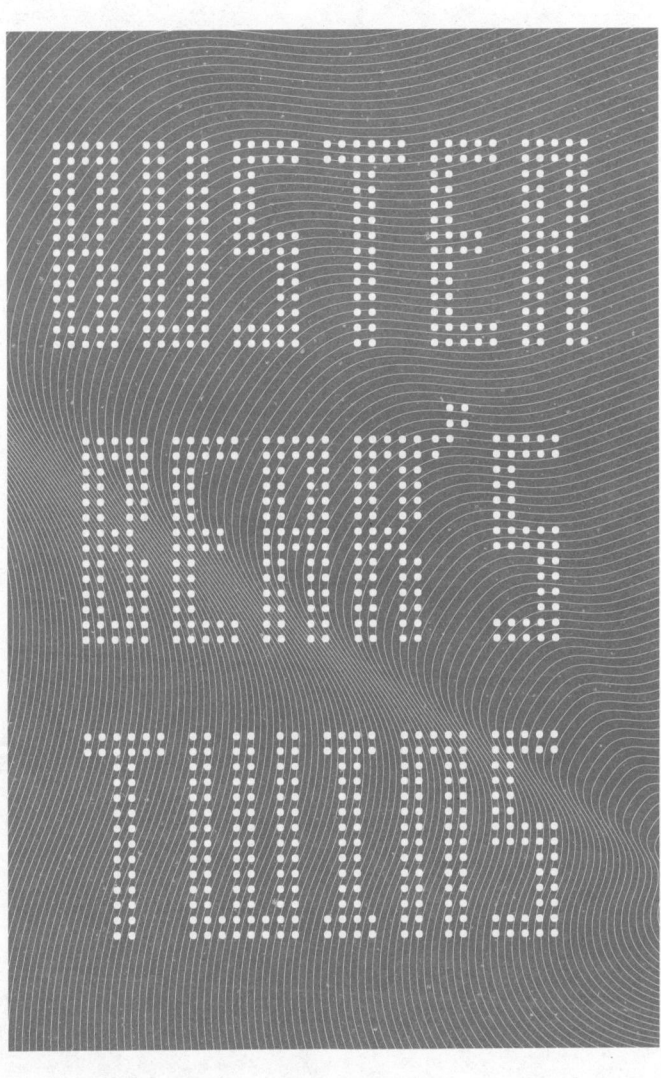

第十八章
熊宝宝得到安抚

投进妈妈的怀抱,
　恐惧没有了。

看到熊妈妈的那一刻，两只熊宝宝就停止了哭泣。他们知道，现在没有什么能伤害到他们了，妈妈会照顾好他们的。鲍克斯和沃弗完全忘记了刚才的恐惧，他们手脚并用，抓住树枝，就想看一看刚才吓到他们的大熊到底发生了什么。

事实上，大熊巴斯特什么事也没有。他可不会让任何事发生在自己身上。大熊巴斯特并没有坐以待毙。因为他在逃窜的同时还要顾及自己的背后，所以他根本没有注意自己脚下的路。他狼狈地窜入树丛，跃上树桩，可谓是一点儿尊严都没有了。但大熊巴斯特根本顾不上有关自己尊严的事情了。他觉得熊妈妈追他的时候，表情有些异样。如果自己能到格林森林其他地方待一下，感觉应该会好一些。于是，他拼命地往前跑。

熊妈妈并没有追出很远，她只是让大熊巴斯特觉得他应该继续跑下去。接着，熊妈妈怒吼了几声，便跑回两只小熊藏身的树旁。鲍克斯和沃弗飞快地从树上下来，还时不时地啜泣着。尽管他们知道自己安全了，但还没有完全从恐惧中解脱。熊妈妈回来时，他们刚巧也从树上下来。

她坐了下来，双胞胎冲向她，紧紧地依偎在她的怀里。熊妈妈用宽大的手臂拢着他们，轻轻地拍打着他们的肩膀。真的是难以想象，熊妈妈竟然也可以这么温柔。

沃弗问："那个可怕的怪物会把我们怎么样啊？"她害怕地朝妈妈怀里拱了拱。

熊妈妈说："他会吃了你们！"

鲍克斯和沃弗吓得打了个寒战。

鲍克斯吼道:"我恨他!"

"我也是!"沃弗也吼道,"我觉得他太可怕了,我再也不想见到他了!"

熊妈妈说道:"但你们还会见到他的,我认为你们最近见不到他了。他知道我在附近。如果他敢来,那他就太不明智了。你们再长大一些就会经常见到他了。其实,他是你们的爸爸。"

"什么!"双胞胎喊道,"那个可怕的家伙竟然是我们的爸爸!"

熊妈妈安慰道:"是真的,这是真的,其实他一点儿都不可怕,你们不可以这样说自己的爸爸。"

鲍克斯用非常坚定的语气说道:"如果一个想吃掉自己孩子的爸爸还不算可怕的话,那我就真的不知道'可怕'这个词到底还有什么意思了。我就是觉得他很可怕,我恨他,我就是恨他!"

熊妈妈说:"放松,鲍克斯!要知道,刚开始他并不知道你们是他的孩子,不过现在他知道了。他看到我来救你们的时候才知道。他以前没有见过你们。如果说得直接点儿,你们对他来说只不过是两个看起来很好吃的陌生人。"

熊妈妈轻轻地拍打着两只熊宝宝的肩膀,温柔地注视着他们,补充道:"他的名字叫'大熊巴斯特'。"

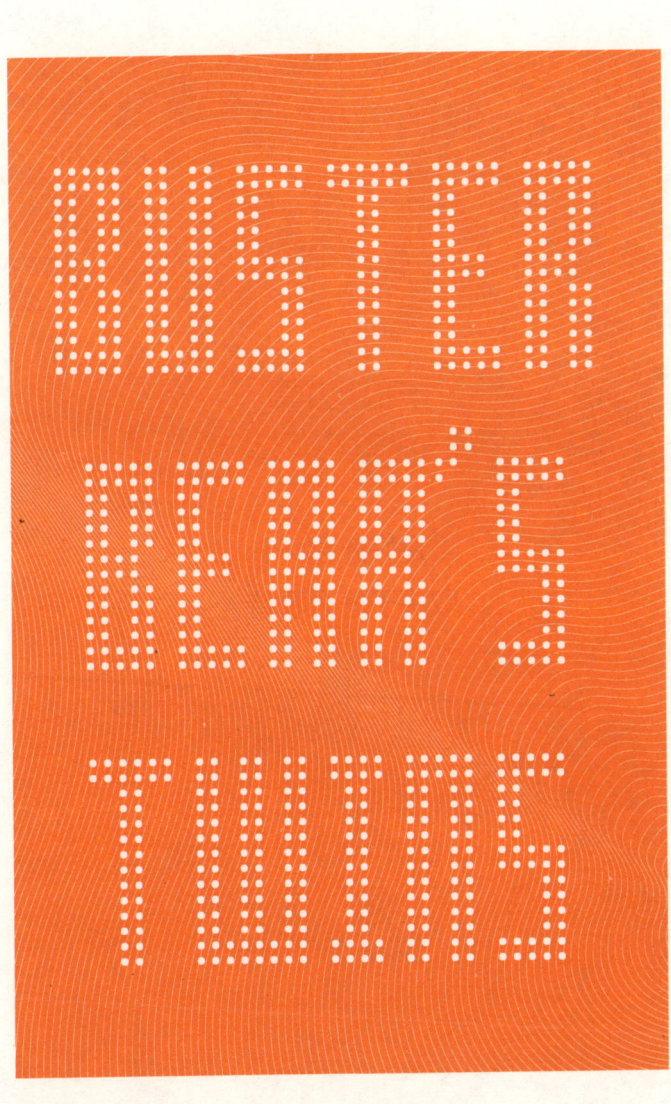

第十九章
一个爸爸两种评价

是好还是坏?
取决于怎么看待。

人们常常无法达成一致，因为每个人都从事物的不同角度出发，得出的结论也就不一样。就拿大熊巴斯特和双胞胎来说，当双胞胎看见大熊巴斯特在下面爬树追他们的时候，觉得他是如此可怕。当他们看到大熊巴斯特被熊妈妈给吓跑时，他们肯定又觉得他也没有那么可怕。

　　当然，大熊巴斯特是他们的爸爸的这个事实还是很让他们吃惊。一整天他们都不知道在想些什么，也不知道该说些什么。

　　"你注意到他穿的那身漂亮的黑色外套了吗？"鲍克斯问道，骄傲地瞄了一眼自己的黑色外套。

"我更喜欢自己这身棕色的。"沃弗不屑地说道。她的外套跟熊妈妈的是一样的颜色。

鲍克斯继续说道:"他真是又高大又威猛!"

"简直就是个懦夫,"沃弗嗤之以鼻,"你没看到他是怎么被妈妈给吓跑的吗?"

鲍克斯反驳道:"那是因为他意识到了自己的错误,所以他没有继续抵抗。"

"我可管不了那么多,反正我就是觉得他很可悲。我一点儿不为这样的爸爸自豪。"沃弗坚持着自己的观点。

鲍克斯说道:"我希望未来我能长得像他一样,又高大又威猛。我很高兴自己的外套是黑色的。"

"哼!"沃弗不屑地说道,"黑色外套下面隐藏的是一颗黑色的心。我很幸运没有他那样的黑外套。"

沃弗说的是事实,鲍克斯知道。他很明智地没有回答,而是换了一个话题:"你知道他住在哪里吗?"

沃弗生气地说:"我怎么会知道,我只希望他不住这附近。我可不想再见到他了。"

鲍克斯反驳道:"但他是我们的爸爸啊。"

沃弗气急败坏地说:"我不在乎。如果爸爸都是这样的话,我宁愿不要。"

熊妈妈恰巧听到了这句话。"啧啧,我可不希望你们这样说自己的爸爸。你们要慢慢去了解他,然后学会尊重他。他是我见过的最高大威猛的熊。有一天,你们也会因为他是你们的爸爸而感到骄傲的。"

"我最爱妈妈了。"沃弗撒娇地说道。然后,她就往妈妈的怀里拱去。

熊妈妈的脸色突然变得严厉起来,她问道:"我想知道,他是怎么把你们追上树的?"

鲍克斯回答道:"我……我们遇到了他,然后他就追着我们爬上了那棵树。"

"那你们是怎么遇到他的呢?"熊妈妈穷追不舍,

"那棵树离我让你们玩的地方挺远的。"

双胞胎低下了他们的小脑袋。

"我们发现了他的踪迹,跟踪着他过来的。"鲍克斯用很低的声音说道。

"结果你们就被吓了一跳,这还远远不够。"熊妈妈说,"我应该打你们的屁股,你们两个都是。谁让你们不听我的话。看看,你们不听话,结果遇到了什么!我希望你们两个能好好记住这次的教训,也别再让我听到你们又在说什么有关你们爸爸的坏话了。"

两只小熊乖巧地回答道:"不会了,妈妈。"

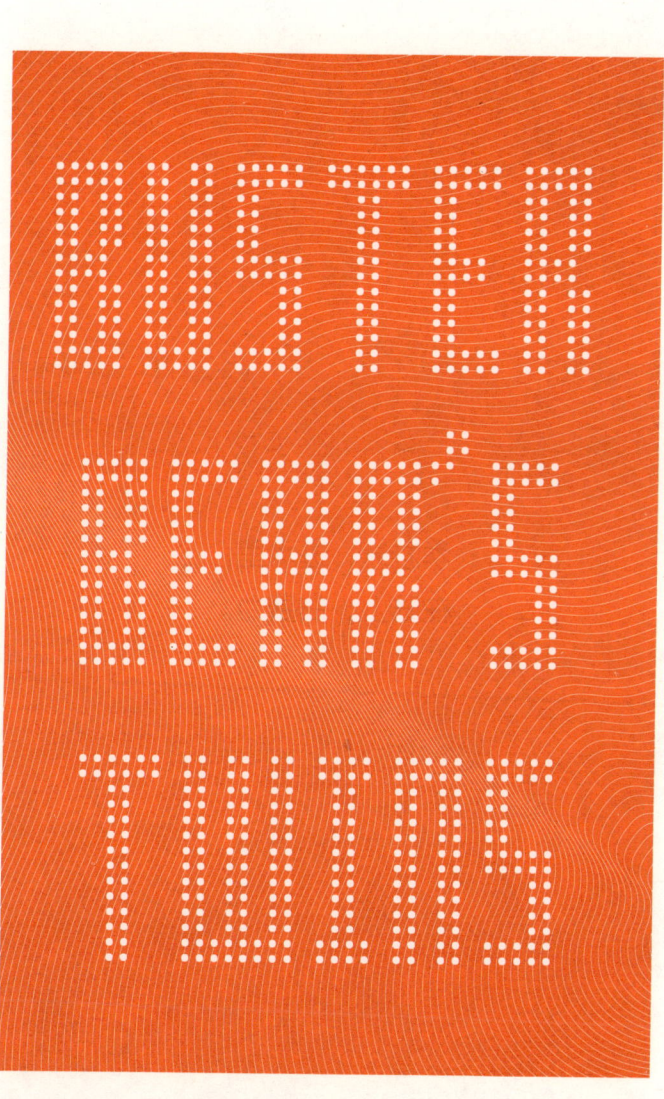

第二十章
第一节 游泳课

学游泳,进水里,
在陆上,白费力。

对双胞胎鲍克斯和沃弗来说，现在的日子简直美妙极了。每天都有新的东西等着他们去尝试。他们可以去看，去听，去尝，去闻，去感受，而且他们的小脑袋也不会忘记这些新鲜的事物。熊妈妈也很了解他们的情况。如果他们有什么不知道的事情，也应该用自己的冒险精神去探索，这正如在学校学习一样。对他们而言，日子过得很愉快。

有一天，熊妈妈把他们带到河狸帕迪的池塘边。两个小家伙儿第一次看见池塘时，就目不转睛地盯住不放。之前，他们只见过哈哈溪。哈哈溪在格林森林中那一段比较窄，水也比较少。他们根本没有想到，世界上还会有这么多水的地方。河狸帕迪正躺在他们面前的池塘里游泳呢。

熊妈妈把双胞胎直接带到河狸帕迪建的另外一座大坝上面。两只小熊崽儿跟着熊妈妈穿过大坝。每走几步路,他们就会停下来看看那个大池塘。西风妈妈和快乐的小微风在池塘中间跳舞。快乐的阳光亲吻着水面,时不时会激起几朵浪花。

越往水坝里面走,水面就越平静,因为快乐的小微风还没有来到里面。鲍克斯和沃弗不停地往下看着。或许你能猜出,当他们看到有两只跟他们一模一样的熊崽儿在水里走动的时候,他们是什么感受。双胞胎非常惊讶,他们不安地往后退了退,结果发现水中的陌生小熊也在跟着他们做着一样的动作。这给了鲍克斯和沃弗信心。他们开始勇敢地朝水坝的岸边走去,在那里坐了下来。这时,他们发现那两只小熊不见了,不知道这两只小熊是从哪里来的。鲍克斯恰巧又往水里看去，他发现那两只陌生的小熊也坐在岸边，与他和沃弗做着同样的事情。仍然是两只陌生的小熊，但他们一个穿着黑色外套，另一个穿着棕色外套，后面的那只小熊那么像他的妹妹沃弗。他转过身去看沃弗，以确定她正和他一起坐在水坝的岸边。

鲍克斯跳了一下，那只穿着黑色外套的陌生小熊也跟着跳了一下。鲍克斯被激怒了，他像一道闪电一样击中了那只陌生的小熊。虽然他的动作很快，但那只陌生的小熊跟他不分上下。鲍克斯看到一只特别像他的手掌倒映在水中，他躲过去后，很快出手，但除了水以外什么都没有打中。由于动作太快，鲍克斯失去平衡，一头扎进了水中。

沃弗也一直在关注那只穿棕色外套的小熊，都没注意到鲍克斯发生了什么事。沃弗比她的小哥哥温柔很多，她并没有跟这些陌生的小熊生气。她只是将自己的头慢慢地伸向那只穿棕色衣服的小熊，后者也在做着同样的事情。鲍克斯落水的时候,她们刚刚要碰到彼此的鼻子。落水的声音吓到了沃弗,她一下失去平衡,也一头扎进了水中。

如果有两只小熊受到惊吓的话,那说的一定就是这对双胞胎。这是他们第一次掉到水中。他们努力地想转过身去,脚下却踩不到什么东西。这可把他们吓坏了。他们努力让自己的脚蹬得更快。慢慢地,他们发现自己竟然可以在水中游动。他们会游泳了!这是他们第一次下水洗澡,同时也是他们上的第一节游泳课。

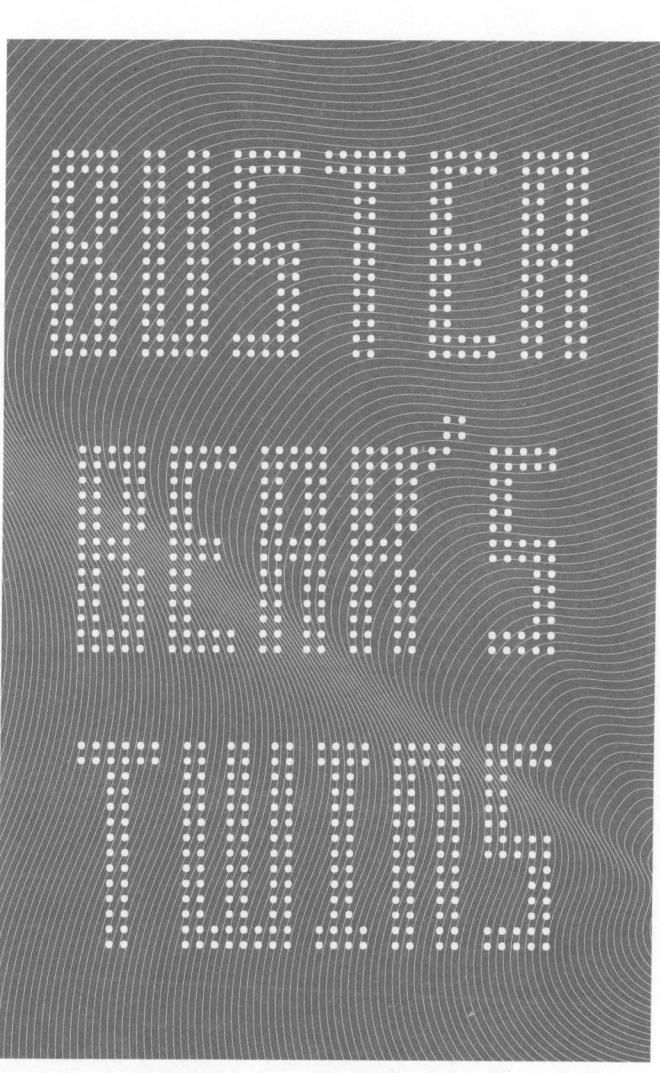

第二十一章
与自己的影子过招

惑人的表象,
掩不住真相。

说这对双胞胎很享受洗澡和游泳有点儿不太符合实际。事实上,他们没有。他们并非出于自愿,掉进水里完全是个意外。应该说,他们是滑进水里的。这确实吓到他们了。他们张嘴喊"救命",中间喝了很多水,这对他们来说可一点儿都不好玩。他们没有掌握正确的方法,结果呛到了自己。因此,双胞胎并不享受这次洗澡和游泳的过程。

他们爬上河狸帕迪的水坝,抖了抖身子,外套上的水流成了一条小溪。他们在水里喊叫的时候,熊妈妈已经往他们这边来了。看到他们都安全,她又回去忙自己的事情了。"这倒是给我省了不少麻烦,"她喃喃自语道,"要是不把他们扔到水里,想让他们下水还真是一件特别困难的事情。现在,他们应该不会害怕了,看来,有时候意外也不见得就是坏事。"

这个时候,这对双胞胎身上的水也干了。他们正肩并肩坐在岸上,严肃地盯着水面。水总给人一种很诡异的感觉。他们感觉自己被水戏弄了一番,掉下去也是水的错。

突然,鲍克斯想起了那两只陌生的小熊,他们是从哪里来的呢?鲍克斯刚才太兴奋,完全把他们抛在脑后了。他回忆起他当时想要攻击其中一只小熊,结果自己掉到了水中,而那只小熊同时也想攻击他。鲍克斯想不起自己有没有被打到,他只记得自己打到了水,然后就滑到水里去了。

可他是自己滑进去的,还是被别人拉进去的?是不是另一只小熊抓住他将他拉到水里去的?鲍克斯非常困惑,自己为什么会产生这样的想法呢?他到处看着，想找到另一只小熊，可只能看到他的妹妹沃弗。她正专注地盯着水面发怔。

这对双胞胎掉到水中后激起了一连串涟漪，彻底破坏了水中的倒影，但现在水面再次恢复了平静。沃弗往下看自己脚时，恰巧发现水中有一只棕色的小熊也在看着她。就是刚刚掉进水里之前，想要跟她鼻子贴鼻子的那只小熊。

沃弗戳了一下鲍克斯，让他看看水里面的那只小熊。这时，水中出现了一只小黑熊。鲍克斯张开嘴大吼了一声，另外一只小熊也同样张开了嘴，但鲍克斯并没有听到他吼叫的声音。鲍克斯张开自己的大嘴，露出自己的牙齿，水里的那只小黑熊也做着同样的事情。无论鲍克斯做什么事情，那只小黑熊都会跟着模仿。沃弗和那只小棕熊之间也发生了同样的情况。

鲍克斯想跟以前一样吓唬吓唬那只小熊。就在他打算动手时，他突然想起了刚才的事情，于是就警惕地退后了几步。他不会再给这只陌生的小熊机会把自己拉到水里去。他往后退的时候,另一只小熊也在做一样的事。鲍克斯后退几步后,陌生的小熊便消失了。鲍克斯小心翼翼地往前走了几步,发现陌生的小熊又在水中出现了。

　　如果说有那么两只困惑的小熊,说的一定就是鲍克斯和沃弗。他们现在正努力地同他们在河狸帕迪的池塘里的影子打交道。

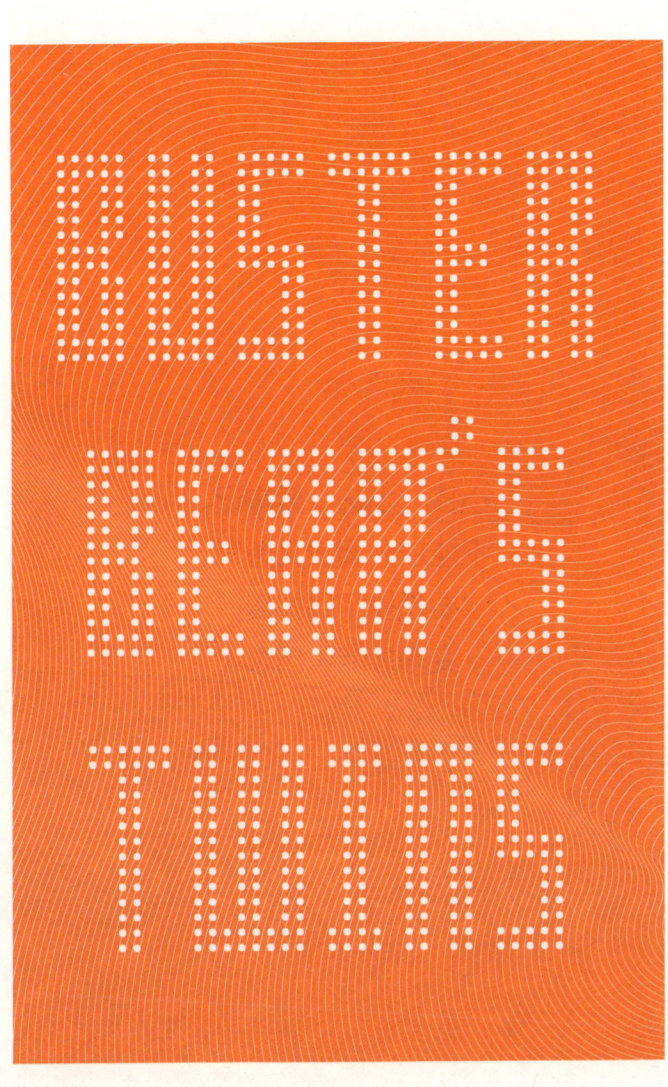

第二十二章
鲍克斯挨揍

小孩,小孩,要牢记,
不能过分调皮又淘气。
　要是挨了妈妈揍,
　　变乖才能长出息。

现在,无论熊妈妈去哪里,两只小熊都寸步不离地跟着。他们太顽皮了,熊妈妈不敢单独把他们放到什么地方。当然,跟熊妈妈待在一起对他们来说也是件好事,因为他们不用费多少力就能学习到一些生活技能。

但有几次,熊妈妈感到鲍克斯和沃弗实在是太淘气了。这时,她一般会让他们去树上玩。自己回来前,不准他们从树上下来。只要他们待在树上,熊妈妈就会觉得安全一点儿。毕竟树上没有那么多可以让他们捣蛋的地方。

一天早晨,熊妈妈又把两只小熊送到树上,严肃地要求他们看不到妈妈回来就不准从树上下来。这对双胞胎在树上爬来爬去，熊妈妈用低沉的声音说道："等我回来，告诉你们可以下来时，你们才能下来。"

"好的，妈妈。"沃弗乖巧地回答道。但鲍克斯并没有说话。

熊妈妈刚一离开他们的视线，鲍克斯就向妹妹提议去地上玩。他说："妈妈一时半会儿回不来。等她快要回来的时候，我们抓紧爬到树上，这样她就什么也发现不了啦。快点儿啊，沃弗。"

沃弗摇摇头说："我还是待在这里吧。你最好也待在这里不要乱跑，鲍克斯。你要是被发现了，会被打屁股的。"

鲍克斯喊道："呜，打不打屁股我才不在乎呢！而且妈妈也不会打我屁股。待在树上一点儿意思都没有，这里一点儿都不好玩。快点儿下来吧，我们一起玩捉迷藏。"

但沃弗却迟迟不肯下来。

鲍克斯大声说道:"你害怕了!"

"我没有害怕!"沃弗愤愤不平地反驳道,"你都听到妈妈说的话了,你应该记在心里,不然你会后悔的。"

"胆小鬼,你是个胆小鬼!"鲍克斯很快从树干上滑下去了。

本来,鲍克斯并没有打算走多远。他想着在树周围玩一玩就好了。如果发现妈妈回来,他也能第一时间爬回去。但树周围没有什么可玩的,没有沃弗的陪伴,他觉得挺无聊的。

小熊们可真是容易烦躁啊。鲍克斯一直围着那棵树走啊走啊。他找不到别的可以玩的地方。这时,快乐的小微风恰好带来了一股奇怪的气味,拂过了鲍克斯的鼻子。其实,快乐的小微风经常做这种事情。鲍克斯以前就想分辨出格林森林中所有的气味。

既然没有别的事可做,鲍克斯就决定跟着这气味走，找到它的来源。他一出发，那好奇的鼻子就停不下来了，到处嗅着空气里的味道。过了一会儿，那种气味越来越弱，最后一点儿都没有了。看来是快乐的小微风把气味带往另一个方向了。

鲍克斯转身往回走。他本以为自己是朝着熊妈妈让他们待的那棵树走的，但其实不是。慢慢地，他发现自己迷路了。他开始跑了起来，边跑边哭。突然，熊妈妈从树后走了出来。鲍克斯看见妈妈，就变得好开心，完全忘记了他不听妈妈的话这件事。

不过，熊妈妈可没有忘记。熊妈妈问道："你在这里干什么呢？"

鲍克斯低着头不说话。

"不听话的小熊必须受到惩罚。"熊妈妈说着，然后就第一次真正揍了鲍克斯一顿。

这会儿，鲍克斯多么希望他一直跟沃弗待在树上没下来啊。

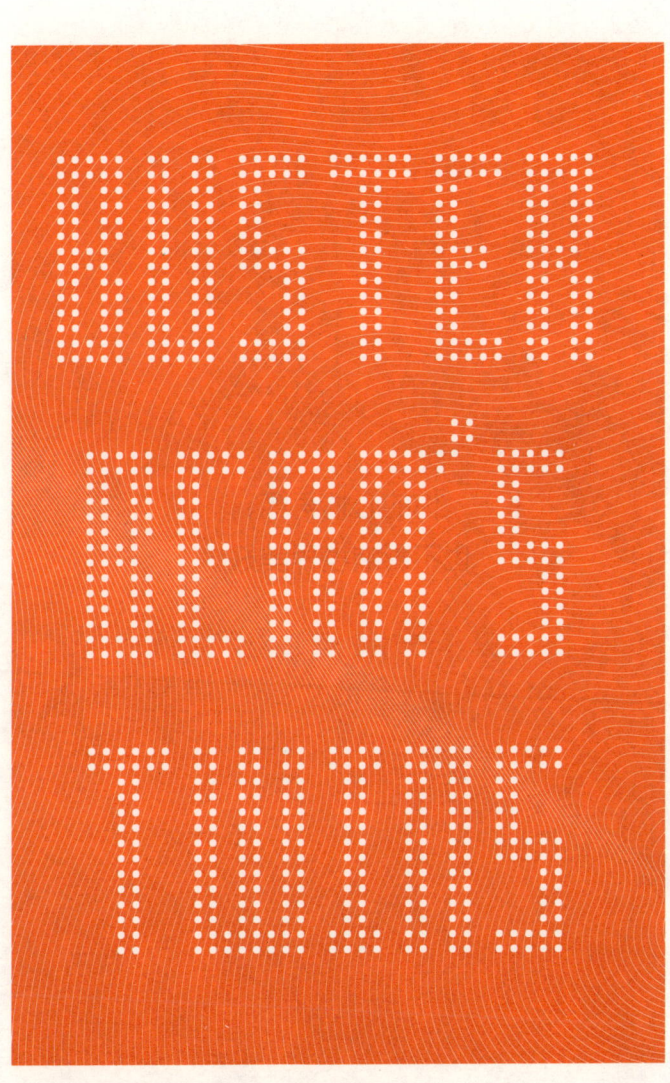

第二十三章
鲍克斯生闷气

你的心情再糟,
也不影响世界美好。

正在发怒的人一般不受欢迎。他们通常得找个安静的地方整理一下情绪，变得开心起来才行。一般来说，小熊不会莫名其妙地郁闷，因为这可不是他们的本性。但现在，鲍克斯这只不听话的小熊郁闷了。事实上，他非常郁闷，而这一切都是因为他的双胞胎妹妹沃弗。

因为不听话就遭到打屁股的惩罚，这对鲍克斯来说已经够惨了。但鲍克斯觉得没什么，谁让自己犯错了呢。一开始，他情绪有些激动，大哭不止。在返回那棵树的路上他还在小声地啜泣。等他到了那棵树底下，看见沃弗还在上面时，他对沃弗是没有什么怨气的。可是，当鲍克斯看见沃弗在树上幸灾乐祸地偷笑时，他突然觉得自己是这个世界上最屈辱的小熊了。

"你不是自认为很聪明吗？"沃弗小声地说道，她已经遵从妈妈的命令从树上下来了，"我听到你挨打的声音了，下次估计你就会跟我一样听话了吧。"这对鲍克斯来说真是奇耻大辱，他狠狠地推了沃弗一下。

突然，他感觉到妈妈的大爪子挠了他一下。他不由自主地尖叫了一声。沃弗又朝他偷笑了一下，但她很小心地没让熊妈妈看到。看来沃弗可能真的有点儿幸灾乐祸。小家伙儿们，甚至稍大一点儿的孩子都会有这种想法。

熊妈妈就在身旁，鲍克斯一直没有机会找沃弗算账，这让他更加郁闷。他想要自己一个人待着，他觉得自己好委屈。他不像平常那样紧紧贴着妈妈走，而是让沃弗走在那边，自己故意走得很慢，远远地落在了后面。有一会儿，沃弗回头朝他做鬼脸，鲍克斯只是假装没有看到。

　　他们停下来休息时，鲍克斯自己蜷着，眯着眼，假装要休息一下，其实他一直都在生闷气。过了一会儿，沃弗想要跟他和好，他却不想理她。鲍克斯难过了好一会儿。人们有时就会有那样的感受。

　　最后，熊妈妈失去了耐心，把他放在挡风帘后他出生的那个卧室里，说：“待在这儿，待到你自己想清楚为止。要是还这样的话，就不要出门。"

　　于是，鲍克斯就一直待在他童年时的那个卧室里。他蜷缩着，心情比刚才更差了。他跟自己说讨厌自己的妈妈，讨厌自己的妹妹，他什么事都不想做。他其实很爱她们，但他故意让自己相信他特别恨她们。人们生气的时候就容易做出这样的事情来。

　　沃弗跟着熊妈妈一起去哈哈溪时，鲍克斯就自己躺在挡风帘后面生闷气。他在想，他应该找个什么方法来报复妈妈和沃弗。

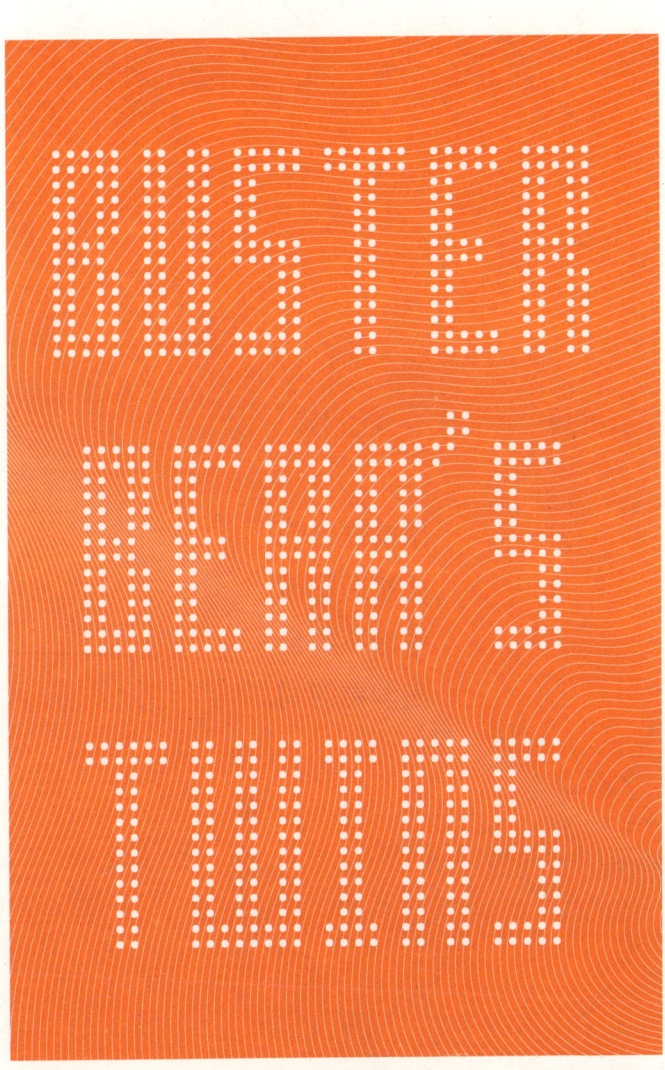

第二十四章
离家出走

事情做之前,
思量复思量。
考虑不周全,
白浪费时间。

鲍克斯躺在挡风帘后的卧室的角落里,越来越生气。他觉得自己简直就是这个世界上最可怜的小熊。但一个人生闷气真的一点儿意思都没有。如果没有其他人在周围,生这个闷气都不知道给谁看。现在,鲍克斯很好奇妈妈和沃弗在干什么。他看见她们朝哈哈溪的方向去了,虽然觉得不好意思,但他想跟她们一起去。其实,他还是喜欢在哈哈溪附近玩耍的。

　　他终于没法忍受了。他偷偷地爬到入口处,把头伸出挡风帘,看外面有什么动静。他站在那里好长时间,一直小心翼翼地观察着。一切跟平常没什么两样,没有什么奇怪的声音,快乐的小微风也没有带来什么新鲜的气味。他不知道妈妈和沃弗是去了哈哈溪上游还是下游……他什么也不知道。他一直在尽力假装自己一点儿都不在乎她们在干什么。

可是，他做不到，自己哪能骗得了自己啊。你可能会骗得了其他人，可你骗不了自己。没过多久，鲍克斯就放弃努力了。他的"小"郁闷也在逐渐变"大"，他感觉自己越来越不高兴了。"我要离开这里，一个人去外面，再也不回来了。到那时，妈妈和沃弗就会感觉对不起我了。她们会后悔当初没有对我更好一点儿。"鲍克斯自言自语道。

他站起来看了一小会儿，听了听周围的状况，然后，开始拼命地跑起来，丝毫不在意自己到底往哪个方向跑。他的想法就是在妈妈回来之前能跑远一点儿。他想让妈妈知道，他已经长大了，犯了错可以闭门思过，但不应该再被打屁股。他也想让沃弗知道，他自己可以照顾好自己。他再也不用跟着妈妈，当她的跟屁虫了。

　　鲍克斯一直跑呀跑，跑到腿累得不行才停下来。他的眼睛一直往后瞧着，看看妈妈有没有在身后找他。最后，他一点儿也没注意自己跑到了哪里。这会儿，腿疼得要命，气都喘不过来，他不得不停下来。他一点儿都没发现自己已经迷路了。虽然他当时还不知道，但他确实迷路了。"现在，"鲍克斯开始自言自语道，"妈妈一定在为她打我的事懊悔不已，沃弗也一定觉得不该嘲笑我。说不定她们现在已经难受得要哭了。如果她们过来找我，我可得藏起来不让她们发现。这样她们就会更难过，那我就成功了。我要等到自己长得跟爸爸那样高大威猛的时候再回家，我猜那个时候她们就会对我很好了。"

　　待着休息的时候，鲍克斯计划了好多自己要在外面做的事，而且都是好玩的事情。这会儿，他还是很高兴自己从家里跑了出来。毕竟格林森林里还是很好玩的,而且他以为只要想回家,自己随时可以回去。但事实上,这只不过是他自己美好的想象罢了。他还没有意识到自己已经迷路的事实。

第二十五章
红松鼠查特尔戏弄鲍克斯

只有敢于冒险的人,
才能适应险恶的环境。

红松鼠查特尔来了。整个格林森林没有谁像红松鼠查特尔这样顽皮，也没有人像他那样，一旦有合适的机会就敢去冒险做一些平常不会做的事情。

就在鲍克斯一边休息，一边计划着他要在外面做的事情时，红松鼠查特尔很偶然地发现了他。红松鼠查特尔知道鲍克斯是独自一人，并没跟熊妈妈和妹妹沃弗在一起前，他都小心翼翼的。等他确定鲍克斯真的是一个人的时候，便大致猜出来发生了什么事情。他想，鲍克斯肯定是自己跑出来的。要知道，红松鼠查特尔可是格林森林里头脑最机灵、观察最敏锐的动物了。

红松鼠查特尔偷笑道:"我觉得这只小笨熊是自己跑出来,然后迷路了。就算他现在还没有迷路,我敢说他很快就会迷路的。我要待在这里看着他迷路的样子。上次他和他妹妹戏弄过我,这可是我复仇的好机会。"

红松鼠查特尔查看了一下四周的情况。确定没有其他动物后,他就跳到了小熊鲍克斯待的那棵树附近。他小心翼翼地不发出声响,爬上一棵树,来到鲍克斯头顶上方,开始悄悄地往下扔松球。

松球正好打到鲍克斯的鼻子上。鲍克斯的鼻子很软,所以他疼得眼泪都快掉下来了。出人意料的是,这东西竟然吓了鲍克斯一跳。"啊呜!"他喊道。然后,他滚到一边,看看到底上面掉下来的是个什么东西。

看到红松鼠查特尔在上面偷笑时,鲍克斯真是气坏了。这不就是上次他们在树上差点儿抓住的那个家伙嘛。他心想,这次一定得抓住红松鼠查特尔。没想到,这时又有一颗松球砸到了他头上。红松鼠查特尔故意用一种挑衅的语气说:"你抓不到我,抓不到我!"

鲍克斯吼了一声,跟着就爬上了那棵树。红松鼠查特尔站在树上朝鲍克斯做着鬼脸,嘴里还说着:"抓不到我!"

红松鼠查特尔等鲍克斯爬到树上。鲍克斯爬到一半的时候,红松鼠查特尔突然从一棵树跳到了另一棵树上。就这样,红松鼠不停地跳来跳去,嘴里还给鲍克斯起各种绰号取笑他,鲍克斯气得都不知道自己在干什么。当然,鲍克斯无法像红松鼠查特尔那样从一棵树上跳到另一棵树上。他现在长大了很多,树枝已经完全承受不住他的重量了。他一点儿办法也没有,只能先爬到一棵树上,然后再下来去爬另一棵树。

鲍克斯往下爬了。当他下到地面时,发现红松鼠查特尔竟然也在地面上,嘴里还在喊着:"抓不到我!"

鲍克斯吼道："只要是活的红松鼠，我就能抓住！"他朝着红松鼠查特尔跳去。红松鼠查特尔躲避了一下，跑开了。然后，我们可以看到，他们两个在丛林里这边跳那边跑的。鲍克斯一直在后面追红松鼠查特尔，最后都累得喘不上气来了。

红松鼠查特尔咯咯地笑起来，自言自语道："这下他肯定迷路了，我带着他跑上跑下的，他肯定不知道自己的家在哪个方向了。"说着，他又跑到树上，朝鲍克斯的头上扔了一个松球。"我真是好久都没这么开心过了。"红松鼠查特尔又扔了一个松球，然后他就从树顶上跳走了，把鲍克斯一个人留在了那儿。

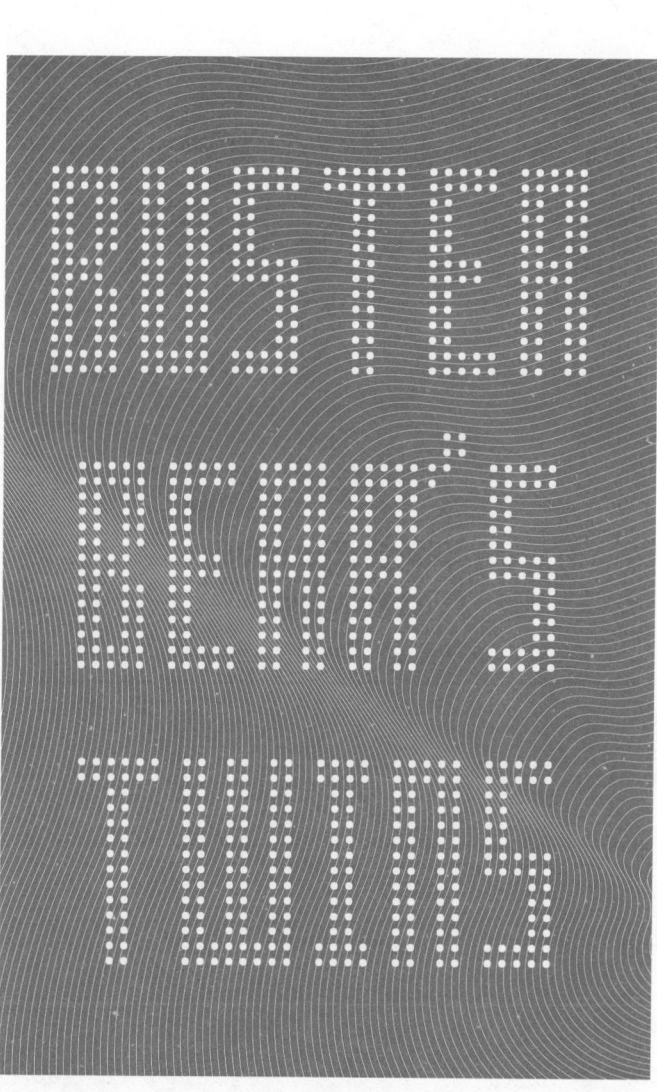

第二十六章
迷失在森林里的小熊

只剩自己一个人,
依然不害怕,
这才称得上真正的勇士。

有时，如果旁边有人，而你想表现得勇敢一些，倒不是什么特别难的事——其实很简单。但如果是自己一个人，你想表现得勇敢，就完全是另外一回事了。这样的勇气才是真正的勇气。一个人独自迷失在某个地方时表现出的勇气，才是最值得钦佩的勇气。

红松鼠查特尔从树顶逃跑的时候，鲍克斯就独自待在森林中。他正忙着歇息喘气，让疲劳的双腿休息一下。鲍克斯第一次彻彻底底地迷路了，这都是红松鼠查特尔造成的。当时，鲍克斯自己还没有意识到这一点。他累坏了，正忙着考虑休息好之后要做的其他趣事。

但有那么一会儿，鲍克斯又烦躁起来，他对红松鼠查特尔的怒气再次爆发。他到处找红松鼠查特尔，可没见到红松鼠查特尔的一点儿踪迹。突然，鲍克斯萌生出一种自豪感。"那家伙一定是藏起来了。我猜他是被吓到了，这会儿不知道正在哪里慌慌张张地躲着呢。"鲍克斯自吹自擂道。要是红松鼠查特尔听了这话，不知道会觉得有多好笑呢。

现在，红松鼠查特尔也不见了。鲍克斯心想，该干点儿别的什么事了。突然，他意识到自己正待在一个陌生的环境里。这里的大树和灌木他可真是一点儿都不熟悉，并且没有什么别的熟悉的东西。一种奇怪的不安逐渐笼罩了鲍克斯，他开始坐立不宁了。他也不知道是怎么了，但他就是无法控制自己。于是，鲍克斯漫无目的地四处走着，再也没有什么事要做，也没有什么地方要去了。

过了一会儿，他发现格林森林的上空逐渐变暗了。

这种天色让他想起了自己的家，或许妈妈和沃弗这个时候也该回家了。他在想，不知道她们有没有想我，有没有开始找我。如果他自己看不到这一切，他又怎么能知道她们到底有没有出去找他呢？他又怎么能知道他到底有没有让她们着急担心，从而成功地"报复"到她们呢？为什么不到挡风帘附近去看看呢？

"当然，我并不是想回家，"往回走的时候，鲍克斯自言自语道，"我离开家是有原因的，我现在只是回到附近看一看究竟发生了什么。看着妈妈和沃弗急着找我，应该是件很好玩的事情吧。"他注意到天色变得更暗了。"我觉得我得加快速度了。"于是，鲍克斯跑了起来。

夜幕低垂。"我不记得家有这么远啊。"最后，他都跑得气喘吁吁了。"啊哈，前面就是挡风帘了！"他开心地喊道。因为他看到远处有一些倒下的树木。他小心地接近，时不时停下来观察一番。他可不想就这么轻易被妈妈和沃弗发现。现在，他觉得自己并没有被她们发现。尽管他想直接走进去，但他不能那么做。

他没有听到，也没有看到任何东西。他已经越来越接近那个挡风帘了。他现在特别渴望能回家，已经不想"报复"任何人了。或许妈妈和沃弗还没回来，那他就可以悄悄地溜进去了。这样的话，她们永远都不会知道真相。鲍克斯逐渐靠近那个挡风帘，想从之前的入口进去，但他却什么也没找到。这不是他家的那个挡风帘！鲍克斯突然意识到自己迷路了。此时此刻，他是一只迷失在森林里的孤独小熊。他瘫坐在地上哭了起来。

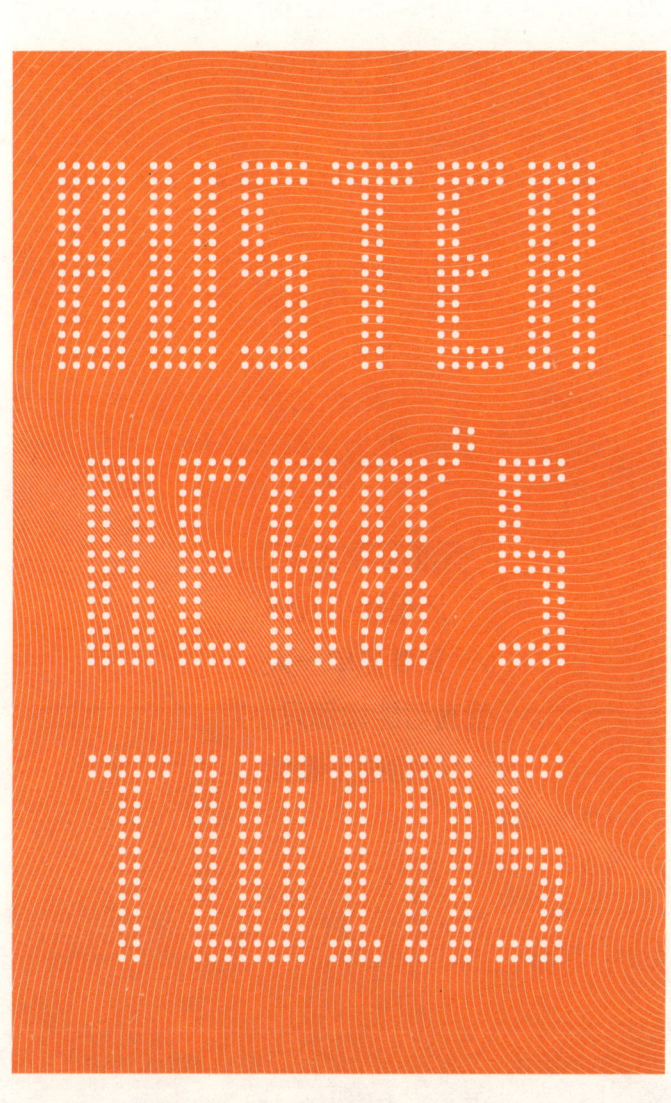

第二十七章
今夜无眠

无论你高大威猛,
还是矮小瘦弱,
只要孤单一人,
就有可能像那只小熊,
吓得睡不着觉。

越来越深的夜色遮住了格林森林的上空，包围了鲍克斯。这只孤独的小熊一直在懊悔自己为什么要从家里跑出来。他想要现在就回到挡风帘后的那个家，他想要回去找妈妈。"呜呜呜，"小熊啜泣着，"只要现在能让我回家找妈妈，就算再打我一顿也没关系，呜呜呜。"

晚上，格林森林中还有很多人不睡觉，所以有哭声的话别人一定会听到的。猫头鹰胡提就是第一个听到哭声的人。他轻轻地飞到声音传来的地方，想看看到底发生了什么事情。他落在鲍克斯身后的一根树枝上，很快便明白这只小熊应该是迷路了。"得有人给他上一课,"猫头鹰胡提心想,"得给他点儿教训,让他好好记着。他一定是自己从家里跑出来的。这一带倒是没什么可怕的东西,但我就是要让他觉得有。这样的话,他就不会很快把这件事给忘了。"

猫头鹰胡提深吸一口气,用他最大的力气喊了一声。这一声太突然,声音又大,都可以把一个本已经习惯他的声音的人吓一跳。鲍克斯完全没有听过这种声音,他被吓得直接失去平衡,仰面倒在了地上。他的腿不由自主地颤抖着,但他并没有躺着,真的没有!他战战兢兢地站了起来,然后跑得无影无踪。

猫头鹰胡提的叫声再次响起时,鲍克斯感觉他就在自己的身边。事实上,猫头鹰胡提并没有离开自己站着的那根树枝。鲍克斯冲出树林外。天色太黑,鲍克斯又一直往后看有没有人追他,所以,他没看清前面的路,一头钻进了哈哈溪,正好在水貂比利钓鱼的水域打了个滚。摔倒在水里更是把鲍克斯吓得不轻,水貂比利的一声大喊对鲍克斯来说也是雪上加霜。鲍克斯看了水貂比利一眼，赶紧爬到岸边。他确定，又一个可怕的敌人出现了。

他以前所未有的速度窜入格林森林，结果又不小心钻进了藏有鹿莱特福特夫人的秘密的灌木丛。鹿莱特福特夫人跳了起来，急忙朝鲍克斯跟前的灌木冲了过去。"呜啊——"鲍克斯喊道。他从一边躲到另一边，继续往前跑去。等到实在跑不动了，他就爬到一堆灌木丛里藏了起来。他在那里面躲了整整一晚上。这简直是他度过的最可怕的一个晚上。老郊狼正好从他旁边经过，发出一声声低吟。如果不是事先知道这个声音的来源，任何人都会被吓一跳的。在这之前，鲍克斯从没有如此近距离地听过这个声音，而且他也根本没有意识到这就是老郊狼的声音。他觉得，这一定是一种特别可怕、特别威猛的野兽的声音。因为这个，他颤抖了有一个多钟头。

整个晚上,鲍克斯都能听到各种各样的可怕的声音。他想象着发出这种声音的动物有多可怕,吓得一晚上也没敢睡觉。不过,他并没有遇到什么真正的危险。

第二十八章
自己找早餐

获得独处所需要的那种能力时,
人就真正独立了。

对鲍克斯这只迷路的小熊来说，昨天那可怕的一夜真是永生难忘。那夜好像永远都不会结束一样。当然，一晚上就只是一晚上，它不可能像一个季节那样长。而且，黑夜一点儿都不可怕。事实上，那是一个不同寻常的有趣的夜晚。可是，鲍克斯和熊妈妈并不这么认为。

或许你可以想象一下，当鲍克斯看到阳光将黑影赶出格林森林时有多开心。他还是感到害怕和孤独，但白天他总感觉自己会更勇敢一些。

白天他做的第一件事情就是先打个盹儿，睡一小会儿。要知道，因为害怕得睡不着，他一晚上都没怎么睡觉。睡了那么一小会儿,他感觉舒服了许多。醒来后,他好像变了一个人一样。他想到的第一件事就是早饭的问题。

以前都是妈妈为他们准备好一日三餐,但今天早晨,妈妈是不会出现的。他的肚子饿得咕咕直叫。要是能有什么东西吃,他早就不管不顾塞进嘴里了。

想起早饭这件事,鲍克斯变得更饿了。他现在躺着都难受。看来必须抓紧去找点儿吃的。他从灌木丛里爬了出来,抖了抖身上的草,想着该去什么地方找早饭吃。可是,昨天他已经迷路了,他也不知道自己该去哪里。"我猜去哪里都差不多,"鲍克斯自言自语道,"不管走哪个方向,我觉得自己应该都能找到点儿吃的。"

于是,鲍克斯就出发了。他一心想着接下来该怎么找吃的,所以他就忘记了自己是一个人,也忘记了害怕。现在,他的脑子里只有吃早饭这一件事情。他自己没有出去找过早餐,但观察过妈妈是怎么做的,大体上也了解一些。

他发现了一个腐烂的树桩。他把它撕烂,却觉得里面没有什么可以吃的。但过了一会儿,等他准备去找别的东西时,他发现树桩里到处都是蚂蚁。他把蚂蚁都扫进嘴里,用舌头品尝着这份点心,直到吃掉最后一只蚂蚁,他才依依不舍地离开了那个地方。

慢慢地,他又挖出一些软树根,然后吃掉了。他自己也不知道自己到底是怎么找到这些地方的。他只知道他的心里有种感觉在暗示他,让他停下来,在某个地方挖一挖。他只是跟着感觉的指引在尝试。

他将一只树鼠追进一个洞里,然后花了很长时间想把树鼠引出来。由于整个过程都比较好玩,他就一直在尝试,哪怕是早该放弃的时候,他也没有放弃。他在哈哈溪附近抓住几只甲虫,还吓到了一只很小的青蛙。总的来说,他还是很有收获的。所有的东西都是他自己抓的，这比他记忆中的任何一顿早餐都要丰盛。突然，鲍克斯有了一种意识，他觉得自己是格林森林的一分子，而且他可以在这里过得好好的。他似乎忘记了昨天晚上他是怎么哭着喊着想找妈妈来着。毕竟格林森林也不是什么很差劲的地方。

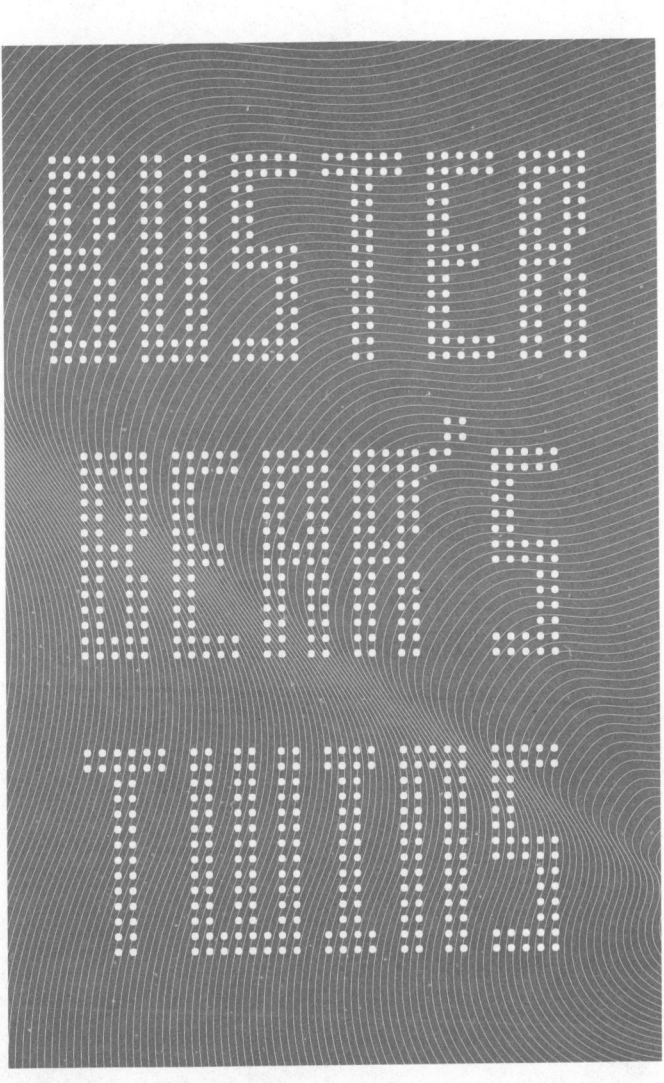

第二十九章
遇上豪猪普利克里

除非你确定他在骗人，
否则就不要以貌取人。
看似很蠢的人也许很聪明，
对任何人都不要有偏见。

鲍克斯为自己弄到了一顿丰盛的早餐，所以他现在感觉相当不错。他觉得自己非常成功。也就是说，他觉得自己很厉害、很重要，而且还很独立。对于一只昨晚还哭着喊着要找妈妈的小熊来说，这真是一种惊人的变化啊！阳光正好，他自己也吃得饱饱的。关键是他感觉自己可以照顾好自己了，这对他来说简直就是新生。不管怎么说，这就是鲍克斯现在的内心感受。"我现在什么也不害怕了，"他走在格林森林里，自信满满地说，"我很高兴离开家来到了这里。我猜，凡是我该知道的，我都已经知道了，现在没有什么能难倒我了。"

鲍克斯说这话的时候，豪猪普利克里刚好在附近。听到这番话，豪猪普利克里觉得十分好笑。"这小家伙儿一定是从家里跑出来的，他竟然以为自己无所不知了。我才不相信熊妈妈能全部讲给他听。看来是时候给这个小家伙儿真刀真枪地好好上一课了。我这可都是为他好。"

豪猪普利克里那无神的大眼睛里竟然闪过一道亮光。他慢慢地走向鲍克斯。鲍克斯听到身后有尾巴扫落叶的声音。他转身一看，就看到了格林森林里长相最蠢的一张脸。

这是鲍克斯第一次见到豪猪普利克里，他完全不知道那是什么东西。鲍克斯用一种最为野蛮和粗鲁的方式瞪着豪猪普利克里，他一点儿也不害怕——这家伙没什么了不起，而且看起来还比较蠢，动作也很缓慢，应该不会对自己构成什么威胁。

鲍克斯站在一条很窄的小路上，豪猪普利克里一步步地朝他走来。他们当中必须有一个为对方让路。鲍克斯完全没打算要这么做。豪猪普利克里走近的时候，鲍克斯开始吼叫起来，那声音简直是对熊妈妈声音的最佳模仿。豪猪普利克里听到小熊模仿的声音，心里觉得好笑极了。

豪猪普利克里就像没有听到鲍克斯的声音一样，他继续往前走着，然后假装刚看到鲍克斯。"边上站，小家伙儿，往边上站，给我让个道。"豪猪普利克里命令道。

鲍克斯觉得自己已经够大了，他无法忍受别人叫他小家伙儿。他的眼睛因为愤怒而变得红了起来。"你自己往边上站，如果不想受伤的话，就自己往边上站。"鲍克斯吼道。

豪猪普利克里并没有往边上站，他只是一直不紧不慢地往前走着，看不出一点儿害怕。很明显，他认为鲍克斯会给他让路。鲍克斯咧着嘴，露出了自己的牙齿，慢慢地伸出了一只手掌，打算在豪猪普利克里再靠近一点儿时就对他发起攻击。

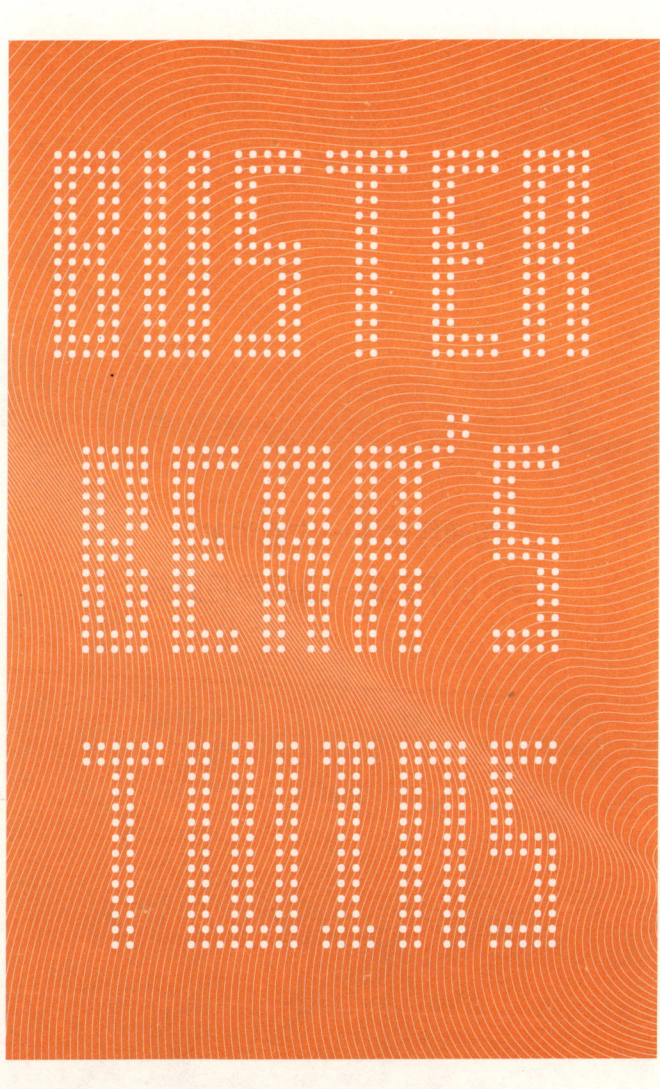

第三十章
松鸦塞米的警告

传递经验不一定靠说教,
经验也不见得一直是灵丹妙药。

松鸦塞米路过格林森林时，恰巧看见小路上的鲍克斯和豪猪普利克里。他第一眼看到他们的时候，并没有意识到他们在干什么。

"如果这只小熊还有点儿常识的话，他就会非常尊敬普利克里，绝不敢挡住道，"松鸦塞米自言自语道，"但恐怕这家伙一点儿常识也没有。他看起来是那么自以为是，他肯定觉得一切都尽在掌握了。只要他在那儿再站哪怕一分钟，他就会发现自己错了。"

"嘿！不要站在那里，千万不要出手啊！"松鸦塞米的吼叫是冲着鲍克斯去的，因为看起来豪猪普利克里再走近一点儿，鲍克斯就会动手。但这声警告还是迟了些,豪猪普利克里早就直接走了过去。就在松鸦塞米喊出口的那一刻,鲍克斯已经把手挥了出去。

"啊呜——"鲍克斯喊道。他举着手掌,痛苦地跳来跳去。他刚才就是用这只手掌打了普利克里一下。他的脸上写满了惊讶和疑惑,松鸦塞米看到后忍不住笑了起来。

"啊呜——啊呜——"鲍克斯疼得仍然大喊大叫。

松鸦塞米在旁边命令道:"把刺拔出来啊,趁着还没扎得更深,赶紧把刺拔出来。"

这会儿松鸦塞米已经能忍住不笑了。

"把什么拔出来?"鲍克斯愤愤地问。他最讨厌别人嘲笑自己了,尤其在他遇到麻烦的时候。

松鸦塞米说:"你的手掌被刺扎到了,要是你不抓紧把刺拔出来,你的手很快就会肿起来的。"

鲍克斯看着自己的手掌。的确,他能看到上面扎上了豪猪普利克里身上的刺。他用牙齿咬住刺,准备往外拔。"啊呜——好疼啊!"他一下松开了嘴,手掌抖得厉害。鲍克斯哭了,眼睛里噙满了泪花。

"当然会很疼,"松鸦塞米说,"可如果你现在不拔出来的话,你会更疼,疼到你根本没法使用手掌。其实,你还是很幸运的。你太幸运了,只是蹭了他一下。如果你动作再慢点儿,那你现在整个手掌全都是刺了!你当时是怎么想的啊?你不知道没有人敢惹豪猪普利克里吗?招惹他可没有好果子吃。就连高大威猛的大熊巴斯特,见了豪猪都得客客气气的。"

鲍克斯坐了下来,仔细地看着自己的手掌。那根刺正好扎在手掌最厚的地方。一定得把它拔出来。松鸦塞米的话是对的。鲍克斯狠下心用牙往外一拽,那根刺就出来了。他用舌头舔了舔被刺伤的地方。过了一会儿,手掌疼得不像刚才那么厉害了。

这时,豪猪普利克里仍然像什么也没发生一样,旁若无人地走过那条小道。他好像只专注于自己的事情，实际上，因为这件事，他心里在笑个不停。"这小家伙儿拔刺拔得挺快的嘛，"他自言自语道，"如果他以前就被扎过，肯定不会来惹我。我相信，以后他再也不敢惹我了。真是没有什么比教育年轻人尊重长辈更重要的事了。"

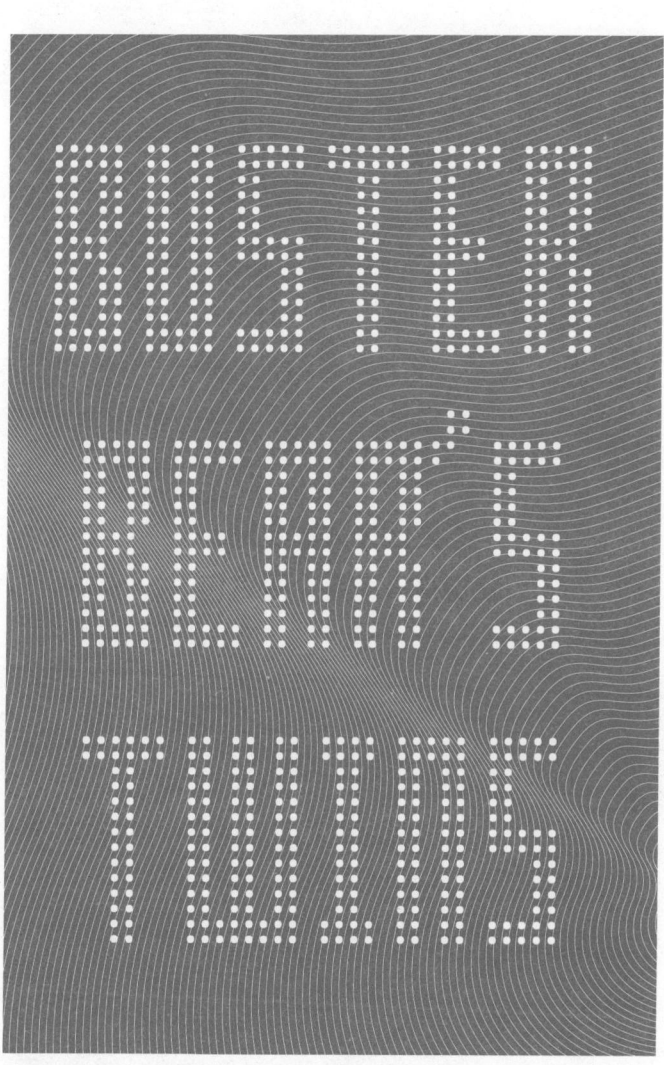

第三十一章
彬彬有礼的陌生人

不要因为人家友好,
就觉得人家是个受气包。

小家伙儿们常常好了伤疤忘了疼，鲍克斯也不例外。离开豪猪普利克里后，鲍克斯就开始寻找新的好玩的事情了。他很快就把自己遇到的麻烦抛到脑后了。虽然打豪猪普利克里的那只手掌还在隐隐作痛，但鲍克斯已经不怎么在意了。有那么多新鲜事等着他去发现，他绝不肯把时间浪费在回忆上。

鲍克斯在路上游荡着。他总能听到或者看到一些新鲜事。他在这里过得很愉快，感觉自己找到了一个非常美好的地方。如果他想起自己的双胞胎妹妹的话，他一定会为她感到可惜：她每天只能跟在妈妈的身后，做那些妈妈允许她做的事情。

慢慢地，他注意到一个老树桩上有个白色的东西在移动。为了满足自己的好奇心，他跑了过去。离近的时候，他发现那是一个穿着黑白条纹衣服的小家伙儿。这个小家伙儿拖着一条大尾巴，正忙着做自己的事情，连看都不看鲍克斯一眼。

鲍克斯在旁边观察了几分钟后，试探着打了个招呼："你好！"

那个陌生人有礼貌地回了话："早上好，今天天气不错，对吧？"

鲍克斯有点儿粗鲁地问道："你在干什么呀？"

陌生人回答道："没事，只是在忙点儿自己的事情。你妈妈呢？"

"我不知道，我也不想知道，我自己从家里跑出来了。"鲍克斯一边说着，一边努力表现出一副非常厉害的样子。

"我看出来了，"陌生人说道，"你不觉得自己个头儿太小,还不能一个人闯天下吗?"

鲍克斯觉得自己比这个陌生人的个头儿要大一些,另外,这个陌生人说话非常有礼貌,于是鲍克斯觉得陌生人应该有点儿怕自己。因此,鲍克斯又自我感觉良好了,他非常想炫耀一番。他想要赢得这个陌生人的敬重。现在,这个陌生人竟然说他还有点儿小,不适合一个人闯天下,这严重伤害了他的自尊。事实上,他对这话感到很生气。

鲍克斯粗鲁地反驳道:"如果我的个头儿像你那么小的话,或许我就不会一个人出来了。"

陌生人温和地解释道:"看来是我用词不恰当,我应该说你年纪小,而不是个头儿小。当然,跟你一比,我的身体是小多了。但事实上,我的年龄已经很大了,而且也在世界上闯荡很长一段时间了。说不定那时候,你还太小,都不能出门呢。我不知道,这会儿你妈妈知道你在这里吗?"

鲍克斯比之前更粗鲁地反驳道:"我妈妈知不知道,不关你的事。"他越来越生气了。

"当然不关我的事,我也没说这关我的事啊,"陌生人仍然很有礼貌地说,"我是一点儿都不想干涉。但我想,她一定不知道你在这里。你是从家里跑出来的吧?适应这个世界前,你一定会吃很多苦,也一定会学到很多东西。如果现在你能让开一点儿,我会非常感激的。你身后有一大块树皮,里面一定有很多甲虫。"

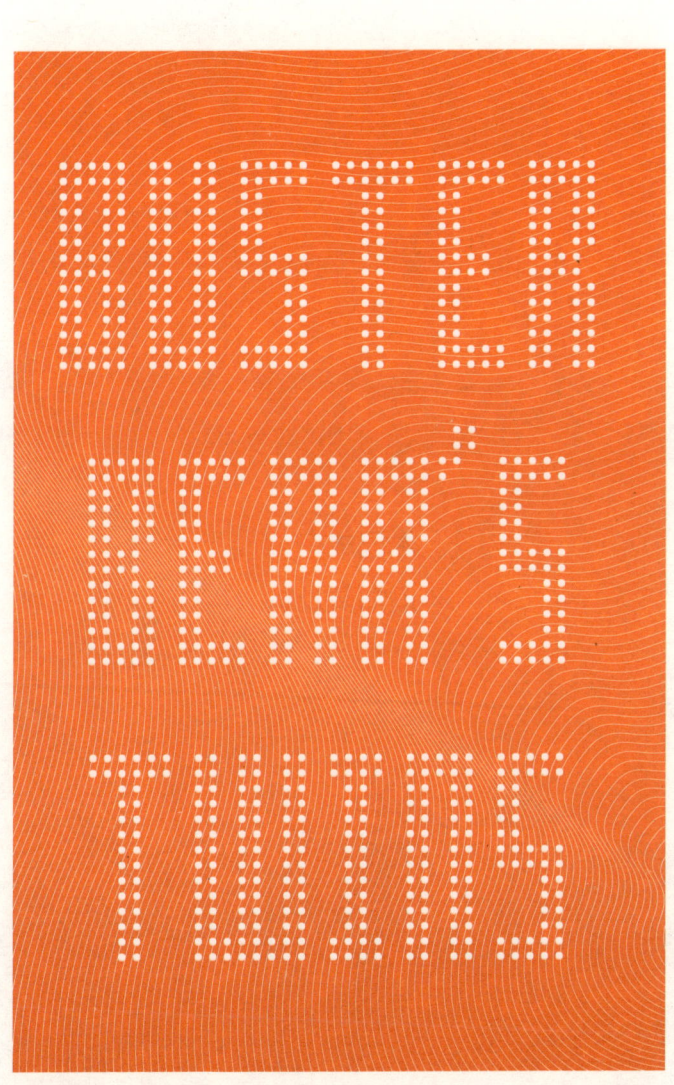

第三十二章
臭鼬吉米的防身术

木已成舟,
追悔莫及。

松鸦塞米一直跟着鲍克斯。他觉得无论这只小熊去哪里总能发生一些事情。松鸦塞米听到了鲍克斯与臭鼬吉米的对话。臭鼬吉米的礼貌和小熊的无礼他都看在了眼里。

事实上,松鸦塞米倒能理解鲍克斯的态度。鲍克斯可能从来没有听说过臭鼬吉米,也不知道他背后背着的那个袋子是干什么的,更不知道它的可怕之处。松鸦塞米觉得鲍克斯之所以态度这么粗鲁,可能是因为鲍克斯觉得自己比臭鼬吉米个头儿大得多,没必要去尊重他——特别是臭鼬吉米还让自己做一些与他不相干的事情。

臭鼬吉米开始失去耐心了。松鸦塞米知道该给小熊一些建议了。"不要做傻事，按臭鼬吉米说的去做，不然的话，你会后悔的！"松鸦塞米大声喊道。他看到臭鼬吉米的大尾巴开始往上翘，这正是臭鼬吉米发出的危险信号。

可是，鲍克斯并不觉得这个比他小很多的陌生人有多可怕。他一点儿都没理会臭鼬吉米的要求，非但没有退到一边，反而无礼地大笑起来。松鸦塞米喊道："你倒是快跑啊，快跑！"

鲍克斯站在原地一动不动，臭鼬吉米生气地跺了跺标志性的前脚。然后，不可思议的事情发生了。是的，它是如此突然，而且不可预料。鲍克斯甚至还没明白到底发生了什么事情，但同时，他也清楚地感觉到有事情发生了。他的眼睛里进了东西，有那么一会儿他什么也看不清。他被某种东西呛到了，完全喘不上气来，这简直是他闻过的最难闻的气味。

鲍克斯在地上不停地打滚，想尽量离臭气远一点儿。但他做不到，根本做不到。无论他到哪儿去，这股臭气都跟着他。

臭鼬吉米用他的防身术惩戒了这只无礼的小熊，平时他只会在自己遇到危险或者遭到侵犯时，才会排放如此强烈的刺激性气体。

松鸦塞米说："我说什么来着？我有没有警告过你？我就知道你肯定会跟臭鼬吉米闹出事来，这是你自作自受，罪有应得。我们住在这里的人都受不了这个味儿，这个味儿能把格林森林里所有的香甜之气都掩盖住。我自己也受不了，我得赶快走了。你这只小笨熊，真是自作自受。"

说完，松鸦塞米就逃之夭夭了。

鲍克斯知道，一定是臭鼬吉米让他陷入了这个前所未有的可怕的麻烦中。他心里产生了一种由恐惧而生的尊重感。唉，鲍克斯多么希望自己刚才没有那么无礼啊。他多么希望,当臭鼬吉米友好地请他让一下的时候,他老老实实地让开啊。

"我真后悔!我好后悔!我好后悔啊!"鲍克斯抽泣着,竭力想离开那团笼罩着他的臭气。但一切都是徒劳的。

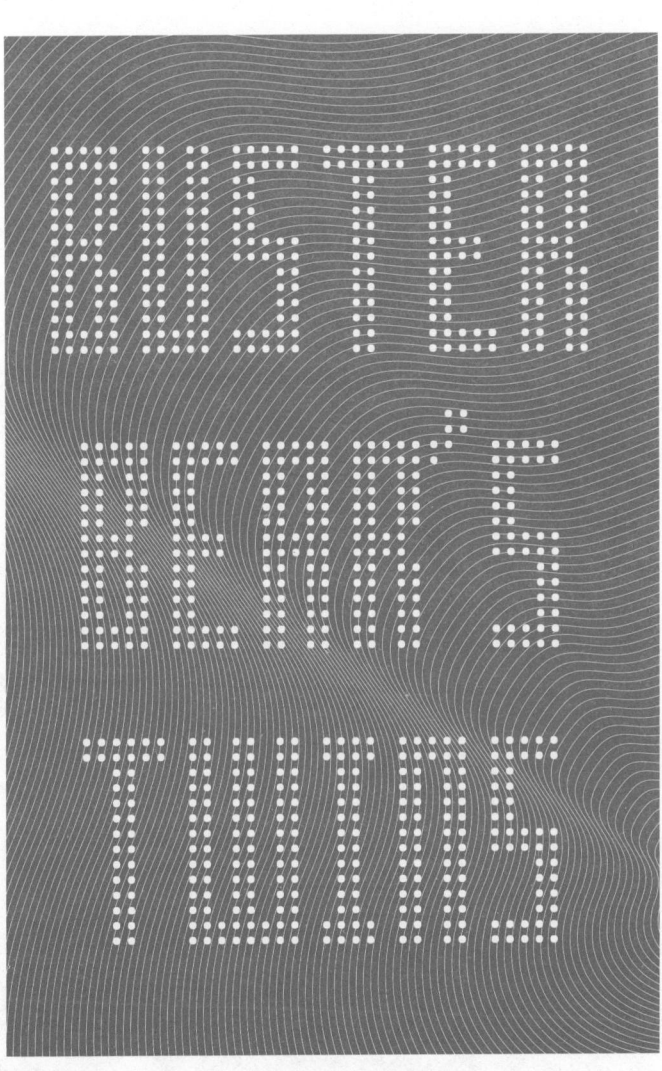

第三十三章
算不上愉快的团聚

你们要牢记,
吹牛皮没出息!

现在，鲍克斯更不知道该往什么地方走了。他遇到的麻烦越来越多。熊妈妈也一直担心着，正和鲍克斯的妹妹一起找他呢。

当鲍克斯决定离家出走的时候，熊妈妈和沃弗还待在离家很远的地方。等她们回来时，鲍克斯已经走得很远了。熊妈妈根本无法辨别他的气味去了哪里。她们寻找鲍克斯时，一开始就走错了方向。熊妈妈得带着沃弗，没过多久，沃弗就很累了，所以，熊妈妈不能像自己一个人那样快速搜索，寻找目标。

起初，沃弗的内心深处很钦佩哥哥的勇气。可是，一想到哥哥会遇到外面世界的可怕的东西，她就伤心起来，这是她最初的反应。到后来，她一直跟在妈妈后面去找哥哥，走了很长的路，走到自己的脚疼得不行的时候，她就生起气来。脚越疼，她就越生气。她慢慢说服自己相信，不要去管她那粗心的哥哥发生了什么事了。"如果以后我再也见不到他，我也一点儿都不在意。"她自己嘟囔着，"我不管他发生了什么事，无论发生什么，那都是他自找的。妈妈要知道我的腿可没他的腿长。我很累了，我想要休息一会儿，我真的需要休息。啊呜，我的脚酸了。"

臭鼬吉米教训鲍克斯的消息很快传遍了格林森林，也传到了熊妈妈的耳朵里。她声称，如果遇见臭鼬吉米一定会找他算账。但她清楚，就算见了臭鼬吉米她也无能为力。之后，熊妈妈便动身去大家说的那个地方找鲍克斯。

不用怀疑，臭鼬吉米和鲍克斯的确在这个地方待过。"咦，好臭！"沃弗捂住了自己的鼻子。熊妈妈比之前走得更快了，沃弗不得不跑着才能跟上她。现在，熊妈妈有臭气引导着，她知道只要跟着这股臭气，她就能找到自己那狼狈逃窜的儿子。

夜幕开始降临，黑暗又要笼罩格林森林了。可怜的鲍克斯，这只受到惊吓的孤独小熊，正准备独自挨过另一个晚上。突然，他听到灌木丛里有声音，仔细一看，竟然是妈妈和沃弗从里面出来了！鲍克斯高兴地冲向她们。可是，妈妈的一声低吼让他停了下来。"不要离我们太近，"她说道，"你可以跟着，但不要超过现在这个距离。如果我们不管你了，那也是你自作自受。可是，你毕竟还小，自己在外面闯荡我们也不放心。而且，我们也不知道你还会做出什么让我们丢脸的事情。所以，你还是先跟我们回家吧。"

鲍克斯看了看沃弗，想从她那里博取一点儿同情。"哼！"沃弗只是扬起头，还翘起了自己的鼻子，看都不看他一眼。

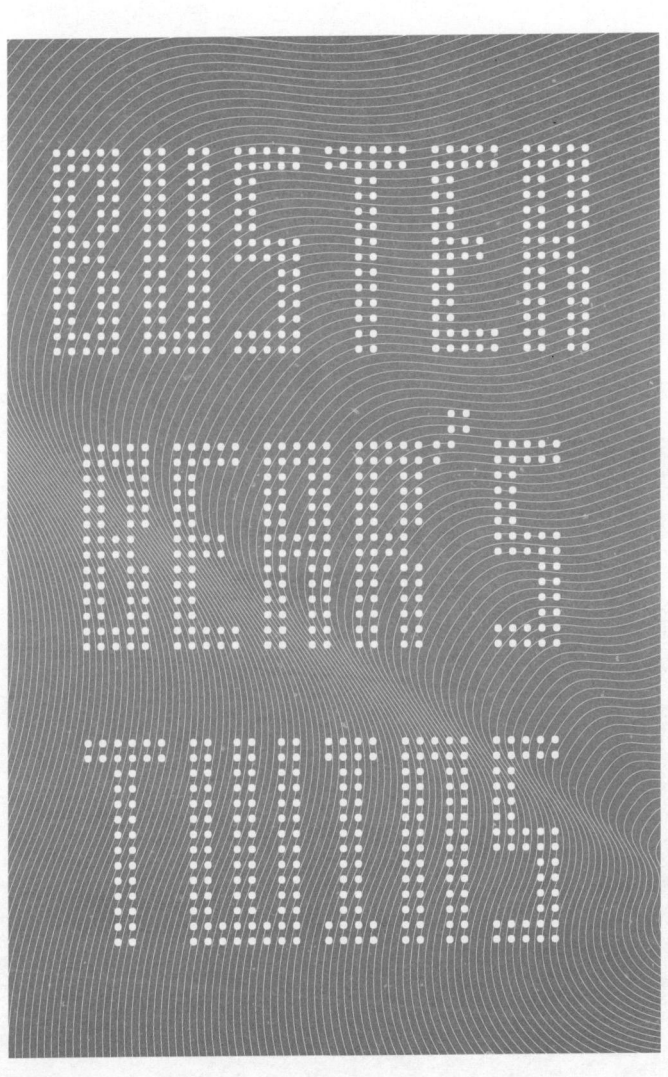

第三十四章
圆满的结局

只要你吸取教训,
受的苦就不会白费。

熊妈妈是那种认为孩子犯了错就得惩罚的人。她觉得，如果犯了错的孩子不受点儿惩罚，等他长大后，可能在格林森林中无法立足——她甚至怀疑这样的孩子能不能健康长大。她的孩子犯了错误，她一定会用一种让他们铭记在心的方式惩罚他们。

鲍克斯经历过那种难熬的日子。当他再次见到熊妈妈和妹妹沃弗时，他以为一切不好的事情都结束了。可是，亲爱的小读者们，你们肯定可以想到，鲍克斯身上还带着臭气，他还会继续遭遇一点儿小麻烦的。他多么想跑到妈妈的怀里，让妈妈的手掌轻轻地拍打在自己身上。

不过，他想象的事并没有发生。熊妈妈不让他靠近，一字一句说得很清楚。当他转向自己的双胞胎妹妹时，她扬起了头——很明显，她也不想跟他有太多牵连。

可怜的小熊，刚开始他根本不明白这是怎么了。他沉浸在和家人团聚的幸福中，却完全忘记了自己身上还残留着臭鼬吉米留给他的臭味。熊妈妈和沃弗是因为受不了这个味儿才不让他靠近的。他清楚地记得沃弗哼了一声，还翘起了鼻子，看都不看他。于是，他只好远远地跟在妈妈和妹妹后面，不敢离她们太近。熊妈妈每走几步就会回过头来看一下，给他一个警告。

这只是惩罚鲍克斯的开始。时间一天天过去了，他只能跟在她们后面走，既不敢靠近，也不敢让她们离开自己的视线。你可能觉得，他是特意这么做的——他一个人在外面的世界闯荡过，他再也走不丢了。但一直跟在熊妈妈后面的日子也不好过。每次熊妈妈找到丰盛的菜肴时，后面的他就几乎再也找不到什么了——他没有注意到，每次熊妈妈都会特意留下点儿什么东西好让他找到。每当沃弗开始享用美味的食物时，鲍克斯就只能远远地看着。

睡觉的时候，鲍克斯也不得不独自蜷缩在一边。刚开始，这真的很难做到。慢慢地，他也习惯了。他不知道，沃弗当然也不知道，但熊妈妈却是看在眼里。她清楚这对鲍克斯有好处，这会让他越来越相信自己。他每天都跟在妈妈身后，也总能找到一些妈妈和沃弗没有发现的东西。现在，他的眼睛、鼻子还有耳朵都比沃弗灵敏很多，毕竟沃弗有点儿过于依赖妈妈了，一直都没有离开过她。

随着时间的流逝，鲍克斯身上的臭气越来越淡了。由于他习惯了这个味道，所以他并没有感觉有什么异样。最后，如果不是下雨或者潮湿的天气，基本上闻不出他身上的异味了。过了很久，熊妈妈终于同意鲍克斯和沃弗在同一个地方睡觉了。刚开始的几天，沃弗还一个劲儿地赶他走。

最后，鲍克斯所接受的惩罚也结束了。熊妈妈跟他好好谈了谈，希望他永远都不要忘记这次经历。"是的，妈妈。"鲍克斯乖巧地回答。他知道自己不会忘记的。然后，他恢复了自己以前在家中的位置。可是，他现在不再紧跟着妈妈了。他让沃弗紧跟着妈妈，自己跟在沃弗的后面。尽管沃弗没有意识到，但鲍克斯希望这样。

大熊巴斯特的一对双胞胎长得越来越好了，所有人都夸他们是格林森林中最优秀的小熊。